へたれ探偵 観察日記

たちあがれ、大仏

椙本孝思

へたれ探偵　観察日記

たちあがれ、大仏

目次

第一話　たちあがれ、大仏

【柔井《やわい》公太郎《こうたろう》の日記】

八月一〇日

今回の事件は、ぼくが解決できるものではありませんでした。

そもそも依頼の内容が探偵の範疇《はんちゅう》を超えているのだから、解決できなくて当たり前なのです。

探偵の仕事とは、依頼者の相談を聞いて、他人の身辺や行動を調べたり、ある事件に対して詳しく状況を調べたりすることです。

要するに、依頼者に代わって調べものをするというだけの地味な仕事なのです。

でも、ぼくはそう思っていても、依頼者は無茶な相談ばかりを持ちかけてきます。

『奈良の大仏を立って歩かせて欲しい』

これはどう考えても探偵の仕事ではありません。

こんな依頼は、仏教の秘術を身につけた大僧正《だいそうじょう》か、最新技術を駆使する天才博士か、とんちが得意な小坊主が引き受けるべきものです。

それが父親の遺言であったとしても関係ありません。

単なる探偵のぼくには、解決できる知恵も力もないのです。

それなのに彩音《あやね》先生は、いつもの通り簡単に依頼を引き受けて、おまけに依頼されていない事件まで解決しろとぼくに言ってきました。

先生には逆らえません。

でも、大仏さまは立って歩きません。

探偵は万能ではありません。

ぼくには、どうすることもできません。

だからこれからは無理をせず、できない依頼は断ることを、彩音先生にお願いしたいと思います。


【不知火《しらぬい》彩音先生よりひとこと】

大仏より先にお前が自立しろよ。

一

横瀬《よこせ》典之《のりゆき》は自宅の仕事部屋で一人、机に向かって作業に没頭していた。

大雨の降る七月初めの深夜。奈良県の北部、大和郡山《やまとこおりやま》市にある古びた木造の一軒家だった。味気ない薄茶色の庭を持つ二階建ての家屋の東側には、不自然に突き出た納戸のような部屋が設けられている。三年前に自宅で仕事をするために、彼自身が波板の屋根と焼き杉の壁板を組んで拡張したものだった。

屋根を打つ雨音がノイズとなって仕事部屋に響いている。二〇畳ほどの空間はスチール棚を仕切りに南北に分かれていた。北側は工作スペースとして広い作業台と据え置き型の工作機械が置かれ、南側は倉庫と事務作業を行うスペースとして書籍や書類、文房具で埋め尽くされている。その部屋で横瀬は南側の壁に面した机を前に、薄汚れた細い体を丸めていた。

汗染みが残る白いシャツを着て、機械油に汚れたベージュのズボンを穿《は》いている。幅の広い液晶モニタに向かい、節くれ立った右手でペンタブレットを操作していた。伸び放題の髪は歳の割に白髪が目立ち、顔も老人のように青白い。だが野暮ったい黒縁眼鏡の奥で充血した目だけは、少年のように無邪気な輝きをたたえていた。

背後には天井に届くほどのスチール棚を二架並べ、それぞれに隙間《すきま》なく作業道具や機械類を詰め込んでいる。ゴム手袋や防塵マスク、ペンチやスパナなどの工具、ドリルやグラインダーなどの電動工具、大型モーターや自動車用のカーバッテリー、幅一メートルほどもある金属板が何枚も重なり、リールに巻かれた太い電気ケーブルがその上に置かれている。さながら製造現場のような品々を見れば横瀬の仕事の内容もおのずと窺《うかが》える。またそれらが無造作に積み上げられているさまを見れば、彼の性格もおおよそ想像できた。

横瀬はモニタを凝視したままタブレットにペンを走らせて、たまに左手で鉛筆を持ち方眼紙に走り書きをしている。パソコンで作業をしていてもメモを取る際には紙と鉛筆を使う。側にはそんなメモ書きが、分厚い書籍群に紛れて無数に散乱していた。彼は整理整頓にはまったく気を払わない。周囲を雑多な物に溢《あふ》れさせているほうが落ち着ける性質だった。

風雨の音がさらに大きく響く。自作の仕事部屋に防音対策は施しておらず、横殴りの雨が薄い外壁をノックし続けていた。確か台風が来ているというニュースをインターネットで見た。あしたは娘が帰って来る予定だが、雨が降っていれば日を変えるかもしれない。横瀬はそんなことを考えながら、わずかに体を傾けて、液晶モニタの後ろに置いたフォトフレームに目を向けた。一五年ほど前に撮影した記念写真には、自宅の玄関前に立つ彼と、いまは亡き妻と、幼い三人の娘が写っている。会社勤めをしていたころの彼はまだ若々しく、身なりも整っていた。隣に立つ妻も美しく、健康的な笑顔を見せていた。揃《そろ》って並んだ娘たちの愛らしさは言うまでもない。家族というシステムが完成し、運用されていたわずかな期間。いまはもう彼しかこの家に住んでいなかった。

横瀬は体を戻して再び液晶モニタに向かう。頭をよぎった懐かしさは目の前の作業によってすぐに追い払われた。台風が来ようと娘が来ようと知ったことではない。仕事に没頭すれば騒音も一切気にならなくなる。滝のように響く雨音も、猛獣が吠えるような風の音も、彼の耳にはもう届かなくなっていた。

だから、すぐ真後ろで起きた物音にも気がつくことはなかった。

二

奈良の観光名所、奈良公園とＪＲ奈良駅とを結ぶ三条通《さんじようどおり》を進み、途中にある奈良漬《ならづけ》屋の角から細い路地へと入る。一階に『喫茶ムーンウエスト』という店が入ったレンガ色のビルを二階へと上がると、探偵事務所『フロイト総合研究所』があった。

台風が去って二週間後の七月一五日の午前、事務所では不知火彩音と柔井公太郎が依頼人の訪問を受けていた。テーブルを挟んだ対面のソファに座る女は、白い半袖シャツとデニムのスキニーを着て、癖毛のボブカットをうつむかせている。やや垢抜《あかぬ》けない少年のような外見をしており、化粧気のない肌のきめの細かさが際立っていた。彼女は二〇歳の女子大学生で、横瀬歩夢《あゆむ》と名乗った。

「大仏を立たせて欲しい？」

不知火はたったいま聞いたばかりの依頼を復唱する。白のパンツスタイルに紺色のサマージャケットを羽織った、背の高い二八歳の女。ブラウンの髪にフレームの赤い眼鏡をかけて、大きな瞳を向けていた。

「大仏というのは、奈良の東大寺にある大仏のことでしょうか？」

「多分、わたしもそう思います」

「多分とは？」

「それが、父の遺言だったんです」

歩夢は少し緊張した面持ちで話を始めた。

横瀬歩夢の父・横瀬典之は、二週間前の七月一日に亡くなった。自宅での仕事中、倒れてきたスチール製の棚の下敷きとなる事故死だった。当時、家に家族はおらず、翌日に京都の下宿先から帰省した歩夢が発見した。横瀬典之は五七歳。五年前に大阪の機械メーカーを退職して、自宅の仕事部屋で機械設計などを行う仕事をしていた。彼の妻である歩夢の母は九年前に病気で死去しており、三人の娘は家を出て生活している。歩夢は三女だった。

「父が一か月ほど前に言っていたんです。『おれは大仏さんを立って歩かせるぞ。楽しみにしていろ』って。父の声をまともに聞いたのはそれが最後でした」

「お父さまからそれ以上に詳しい説明はありませんでしたか？」

「はい……実はあまり仲も良くなかったので、普段からほとんど会話もありませんでした。だからその話も、わたしが聞き流すような感じで終わってしまいました」

歩夢はぽつぽつとつぶやくように話す。少し眉を寄せた表情には後悔の色が滲んでいた。

「でも、こんな形で亡くなってしまうと、父が何をしようとしていたのかが気になってきたんです。それで葬儀に参列してくださった、父の知人だったという弁護士の先生にお話ししたら、こちらのフロイト総研さんと不知火先生を紹介されました」

「根津《ねづ》先生にはいつもお世話になっております」

不知火は会話を先回りして答える。歩夢はうなずいて顔を上げた。

「あの、不知火先生。こんな変な話なんですけど、調査してもらえますか？」

「その前に、もう少しお話を聞かせてください。依頼をお受けするかどうかはそれから判断させていただきます」

不知火は落ち着きある態度で返す。荒唐無稽な依頼内容にも一切の戸惑いを見せなかった。

「歩夢さんは、お父さまとはあまり仲が良くなかったと仰いましたが、どうしてそう思われますか？　何か気が合わないことでもあったのでしょうか？」

「気が合わない以前に、接する機会が少なかったんです。父はいつも遅くまで働いていて、帰ってからも仕事や趣味で機械いじりばかりしていました。亡くなった母や、わたしたち姉妹ともほとんど会話がありませんでした。多分、家族に関心がなかったんだと思います」

「亡くなられた当時はご自宅でお仕事をされていたんですよね？」

「でも、いまは父が一人で家に住んでいました。上の姉は結婚して名古屋にいるし、二番目の姉は東京で働いています。わたしは京都の北白川《きたしらかわ》で一人暮らしをしていて、二週間に一回くらいは様子見を兼ねて帰省していました。ちょうど亡くなった日の翌日にも行ったから、父をすぐに見つけることができました」

歩夢は神妙な面持ちで淀みなく返答する。警察からも質問を受けた内容なのだろう。第一発見者の彼女は圧死した父親の生々しい死体も目撃している。それでも死の翌日に発見できたのは不幸中の幸いだ。運が悪ければ二週間も放置される可能性があった。不知火は指先を顎に添えて、なるほどとつぶやいた。

「そんなに会話の少なかったお父さまが、どうしていきなり、大仏を立って歩かせるなんて不思議な話を歩夢さんにされたのでしょうか？　その前後の会話はどのようなものでしたか？」

「会話は、ありませんでした。というのも、父が面と向かってそう言ってきたのではなく、独り言のようにつぶやいていたんです。パソコンを使って何かの作業をしながら、顔も液晶モニタのほうを向いていました。父はよくそういう態度をとりました」

「では、冗談を言ったり、歩夢さんをからかったりした雰囲気でもなかったんですね？」

「そんなこと、普段の父からは想像もできません」

「二人のお姉さんにもその話はされましたか？」

「話しましたが、二人ともあまり興味がないようでした。それどころじゃないとか、いまさら気にしてどうするのとか。それもそうなんですけど」

「でも歩夢さんは気になって仕方がない。こんな探偵事務所にまで足を運んでも知りたいと思ったんですね」

不知火はうつむき加減の歩夢をじっと見つめる。冷めた目差《まなざ》しも理知的で絵になる。歩夢は口を噤《つぐ》んだままうなずいた。

「仲が良くなかったお父さまの言葉に、どうしてそこまでこだわるんですか？」

「それは、やっぱりわたしが聞いた父の最後の言葉だったから。それに最近はわたしが一番よく会っていたから、特に気になっているんだと思います」

「気になっているだけですか？」

「……いえ、父のことが知りたいと思ったからです」

　横瀬歩夢は思い直したように顔を上げる。

「わたしは大学生ですから、いまはまだ学費や生活費は父の遺してくれたお金に頼っています。それに姉の話によると、父は銀行の口座にわたしの結婚資金まで準備してくれていたそうです」

「立派なお父さまだと思います」

「でもわたしは、そこまでしてくれていた父に対して、ずいぶん冷たく当たっていたような気がしたんです。母が亡くなってからは姉たちが家事でも何でもしてくれましたが、そのせいで父の存在感がもっと薄くなっていました。

　でも、わたしたちを支えてくれていたのは間違いなく父です。いなくなってから初めて申し訳ないことをしたと、もっと色んな話をすれば良かったと思えてきたんです」

「親のありがたさは、いなくなってから気づく場合が多いものです。お話を聞く限りでは、歩夢さんとお父さまとの仲は決して悪かったとは思えません。お父さまは家族に関心がなかったわけではなく、ただ接し方が分からなかったのかもしれませんね」

「そう思います。だからせめて、父が遺した言葉の意味が知りたくなったんです。いまさら分かっても仕方がないことですけど、わたし自身が父を理解したいんです」

歩夢は膝の上で両手の拳を握る。おとなしそうな顔をしているが、その目には意志の強さが窺えた。決して興味本位で依頼を持ち掛けてきたわけではない。不知火が知りたかったのはその気持ちだった。

「不知火先生。父は嘘《うそ》をつく人じゃなかったんです。たとえ話でごまかすような人でもなかったんです。そんな父が、あの大仏さんを立って歩かせるって言ったんです」

「事実とすれば、とてつもない話ですね」

不知火は言葉の先を読んで返す。歩夢はゆっくりと顎を引いてうなずいた。

三

「ご依頼の内容はよく分かりました。いささか摑《つか》みどころのない話ではありますが、わたしもお父さま、典之さんのお言葉にはとても興味を覚えました」

不知火はよく通る声で真摯《しんし》に話す。歩夢は肩の力を抜いてわずかに頰を緩ませた。

「現時点では謎を完全に解き明かせるというお約束はできませんが、調査によってもう少し詳しくご遺言の意味と、歩夢さんにその話をされた典之さんのお気持ちが分かるようにはなると思います」

「それで結構です。じゃあ先生、調査してもらえるんですね？」

「歩夢さん。おそれいりますがご依頼を引き受けるかどうかは、わたしではなく所長の判断になります」

「あ……すみません。不知火先生が所長さんじゃなかったんですね」

歩夢は勘違いに気づいて謝る。初対面では名前だけを告げられていた。不知火は穏やかにほほえんで首を振った。

「説明不足で申し訳ございません。わたしはあくまで助手ですから、ご依頼内容の確認と聞き取りを行うだけです。実際の調査は探偵でもある所長が務めることになります」

「そうですか。わたし、こういうところへ来るのも初めてだから、仕組みがよく分かっていませんでした。所長さんは、いまはお仕事に出られているんですか？　返事はいつもらえますか？」

「もちろん、すぐに確認が取れます」

「電話で……」

「隣におりますので」

「え？」

不知火の返答に歩夢は戸惑う。狭い事務所を見回しても他に人の姿は見えない。歩夢は来客用のソファに腰かけ、テーブルを挟んだ目の前には不知火がいる。彼女の左隣には、鼠《ねずみ》色のスーツを着たぼさぼさ頭の青年が顔をうつむかせているだけだった。

「どこに……」

歩夢がそう尋ねるなり不知火が右手を軽く上げる。そしてテニスラケットを振るように青年の後頭部を叩《たた》いた。

「あいたっ」

「てめぇの話をしてんだよ、ハム太郎」

「え？」

歩夢と、なぜか青年自身が声を上げる。初めに会った際に、柔井公太郎という名前だけを不知火の口から聞いていた。

「あなたが所長さん、ですか？」

「あ、はい。フ、フロイト総研の所長で、その、探偵の柔井です。ごめんなさい」

柔井はぼそぼそとテーブルに向かって謝罪する。

「誰に挨拶してんだ。ちゃんと顔を上げろ」

　不知火は先ほどまでの穏やかさとは打って変わって、ぶっきらぼうな口調で命令する。柔井は膝の上で両手の拳を握り締めると、やけに重そうな動作で頭を持ち上げた。二四歳の青年は猫背の体をさらに縮めて、そわそわと震えている。色白の細面はよく見れば意外と整っているものの、探偵事務所の所長らしからぬ陰気さと貧弱さが滲み出ていた。

「や、柔井です」

「何回自己紹介してんだよ」

　不知火が呆れ顔で言う。歩夢は何も言えず二人を交互に見比べていた。

「すみません、歩夢さん。ちょっとこいつは人見知りが激しいんです」

「いえ……じゃあ、柔井さんが調査をするんですか？」

「おい、どうするんだ、ハム太郎」

「あの、ぼくが調査をするんですか？」

「てめぇ以外に誰がいるんだよ」

「だって、その、彩音先生が話をしていたから……」

「てめぇが一言も喋《しゃべ》らねぇからだろ！」

　不知火がテーブルの下で柔井の臑《すね》を蹴る。柔井はぐっと声を漏らして小刻みにうなずいていた。助手と名乗った不知火の態度も尋常でなく厳しいが、探偵と名乗った柔井の態度も異常なほど弱々しい。歩夢は相談相手に対してにわかに不安を覚え始めていた。

「おいハム太郎。話は聞いていただろうな。依頼を受けるのか、受けないのか、はっきり答えろ」

「依頼って、あの、大仏さまが立って歩く話ですか？　あ、彩音先生、それなんですけど、ぼくは歩夢さんに一言お伝えしたいことがあるんです」

「なんでわたしに言うんだよ。歩夢さんなら目の前にいるだろうが」

不知火に叱《しか》られて、柔井は意を決した風に歩夢のほうを向く。動作の一つ一つが重苦しい。見ているだけの歩夢まで息が詰まりそうになった。

「じ、実は歩夢さん、いえ、横瀬さん……」

「はあ」

「だ、大仏さまは、立ちません」

柔井が発言すると同時に、不知火の平手が再び彼の後頭部を打った。

「てめぇ、いい加減にしろよ。依頼を潰してどうするんだよ」

「でもだって、その、大仏さまは本当に立たないんです。ぼくはずっと奈良に住んでいるから知っています」

「偉そうに言うな。てめぇの知識なんてあてになるかよ」

「本当です。信じてください。そんなの見たことも聞いたこともありません。あの人は昔からずっと座っているんです」

「じゃあ証拠はあんのかよ。大仏が立って歩かない証拠はよ」

「そ、そんな証拠なんて……」

「こっちは証拠が挙がってんだよ。典之さんが歩夢さんに向かって、大仏が立って歩くって言ったんだ。てめぇ、典之さんの話が嘘だって言うのかよ」

「あ、先生、それは違います。歩夢さん、いえ横瀬さんの話だと、横瀬さんは、あれ？」

「あの、歩夢でいいですから」

歩夢が遠慮がちに言う。

「あ、歩夢さんの話だと、典之さんは『おれは大仏さんを立って歩かせるぞ』と話したそうです。だから……そうか、大仏さまが自分で歩くんじゃなくて、典之さんが歩かせるのか。いや、でもそんなこと、できるはずないですよ？」

柔井は瞬きを繰り返しつつ自問自答する。不知火は長い足を組んで冷めた目を向けていた。

「そんなの、どっちでもいいんだよ。立つのか立たないのか、てめぇはこの話をどう解決するんだって聞いてんだよ」

「ぼくに聞かれても……ええと、歩夢さんの話だけではちょっと分かりません」

「なめんなよ。分かりませんで済んだら探偵はいらねぇんだよ」

「いえ、だから、典之さんのことをもっと調べたら、きっと分かると思いますけど」

「じゃあどうするんだよ、依頼を引き受けるのかよ」

「え？　ああ、そうですね……はい、ご依頼を引き受けます」

柔井は右手で頭を掻《か》きながら答える。不知火は大袈裟《おおげさ》に舌打ちした。

「あの、不知火先生」

歩夢が恐々《こわごわ》と声をかける。不知火はすぐに元の穏やかな顔に戻った。

「歩夢さん、お騒がせいたしました。ご依頼は柔井がお引き受けするそうです。調査規定や費用につきましてはのちほどご説明させていただきます」

「それよりも……大丈夫ですか。柔井さん」

「もちろん、やると言ったからには誠心誠意、力の限り、汗水流して調査にあたらせます」

「いまも汗だくになっていますけど」

「見苦しくて申し訳ございません。柔井は少し口下手であがり症なんです。差し当たっての調査は……どうするんだ、ハム太郎」

「え？　ああ、どうしようかな……」

柔井はよれよれのハンカチで汗を拭う。歩夢は頼りなさを通り越して彼の体調が心配になった。

「と、とりあえずは、典之さんのことをもっと知りたいので、ご自宅の仕事部屋を見に行こうと思います」

「だから、なんでわたしに言うんだよ。てめぇ一人で調査に行くのか？」

「できれば、彩音先生も一緒に」

「そうじゃねぇだろ。典之さんの家へ勝手に忍び込むつもりかって聞いてんだよ」

「え？　あ、そうか……だからその、歩夢さん」

「はあ」

歩夢は不安げな表情で返事する。柔井はハンカチを持つ手を震わせつつ、真剣な目を向けた。

「ぼ、ぼくと付き合ってください。お願いします」

「あ、それは……ごめんなさい」

歩夢は定型句のように返して頭を下げる。柔井は不思議そうに目を丸くする。不知火の平手が三たび彼の後頭部を打った。

四

　午後になってから不知火と柔井は歩夢の案内で横瀬の家を訪れた。場所は奈良市に隣接する大和郡山市の北部、近鉄郡山駅から南西に一五分ほど歩いた先にあった。家屋は農村で見かけるような庭のある木造二階建ての一軒家だ。歩夢の話によると、横瀬家は古くからこの地に住んでおり、祖父母の代までは実際に農業を営んでいたらしい。夏の陽射しの下、家人を失い、住む者もいなくなった家屋は、倒れた老木のようにひっそりと横たわっていた。

「風情のある立派な邸宅ですね。周りの自然とも調和していて、眺めているだけで穏やかな気持ちになります。この辺りは高い建物も少ないから二階からの眺めも素晴らしいでしょうね」

　不知火は額に手をかざして家屋を見上げる。陽射しの強い青空には薄雲がたなびいていた。

「邸宅なんて。無駄に広いだけの古い家です」

　歩夢は首を振って否定する。若い彼女からすれば謙遜《けんそん》ではなく本心なのだろう。

「家の中も暗くて使い勝手が悪いし、外の庭も手入れしていないから荒れ放題です。なんとかしなきゃいけないんですけど」

「誰か住む方はおられるんですか？」

「いまはいません。親戚やお姉ちゃんたちがどうするのか。とりあえずは時々わたしが見に来ることになっています」

慣れてきたのか、歩夢は言葉遣いを崩して話した。家屋の東側にはブロック塀《べい》との隙間をわずかに残して、突き出たような一角がある。黒い焼き杉の壁板はまだ新しく、プラスチック製の波板を斜めに被せて屋根にしていた。正面に出入口はなく、黒い遮光カーテンのかかった窓だけが見える。不知火の視線に気づいて歩夢もそちらを指差した。

「あそこが、お父さんが仕事に使っていた部屋です」

「あの部屋だけ他と少し違うようですね。改装されたか、あとで建て増しをされたように見えます」

「お父さんが会社を辞める半年ほど前に建てました。元々は小さな池がありましたが、それを埋めてコンクリートを敷いて、柱や板を切って家に付け足しました」

「ご自分で建てられたんですか。機械の設計から家の増築まで、何でも得意な人だったんですね」

「あの、柔井さんは何をしているんですか？」

歩夢は玄関の鍵を開けたところで振り返る。柔井はなぜかまだ庭へも足を踏み入れず、門扉の前で立ち止まっていた。不知火はうんざりしたような顔を見せる。

「おいハム太郎。そこで何やってんだ。早く入って来いよ」

「彩音先生。でも、この家、大丈夫でしょうか……」

「なんだよ、またオバケだの地相《ちそう》だのって言うのか？」

「違います。この、門扉のところに『猛犬注意』ってプレートが……」

「はあ？」

「あ、柔井さん。それは不審者除けに貼ってあるだけですから、うちに犬はいません」

歩夢が手を上げて伝える。それを聞いた柔井は安心した顔になると、それでも忙《せわ》しなく辺りを見回しながら不審者のように庭へと進入した。

「柔井さんは、犬が苦手なんですか？」

「あいつは何でも苦手です。放っておいていいですから気にしないでください。お邪魔します」

不知火はもう振り返らずに玄関へと入った。

五

仕事部屋は玄関から入って北側の廊下を通った先、左手にトイレを設けた突き当たりのドアから入室できた。二〇畳ほどの広さがあり、目の前には広い作業台と工作機械が置かれている。右手には天井に届くほどの高さがあるスチール棚が二架並んでおり、その奥には足の踏み場もないほどの書類や道具類の山が見えた。

「あちらが、典之さんの事故現場でしょうか？」

「はい……手前のスチール棚が倒れて、その下にお父さんがいました」

声を落として歩夢が答える。倒れたスチール棚はすでに引き起こされているが、その中は空になっている。床に散乱している物の多くが収められていたのだろう。ペンチやスパナなどの小さな工具、ドリルやグラインダーなどの大きな電動工具、産業用の大型ヒーター、自動車用のカーバッテリー、幅の広い金属板や太い電気ケーブルが投げ出されていた。その向こうには背もたれが折れた事務椅子があり、南側の壁面に置いた事務机とセットになっている。椅子に座って机に向かうと、スチール棚に背を向ける形となっていたようだ。

「きょうと同じように、玄関の鍵を開けて入って仕事場を覗いてみたら、もう……。スチール棚が倒れた際にカーバッテリーが滑り落ちてきて、机に向かっていたお父さんの後頭部を直撃したそうです。体も棚と机の間に挟まれていました」

「お気の毒でした。カーバッテリーといえば見た目よりも重いですよね」

「二〇キロほどもあったみたいです。そんな重い物を棚の上に置いておくからこんなことになったんです。でも中身が零《こぼ》れなかったからまだ良かったと思います」

「カーバッテリーの中身って何ですか？」

「硫酸です。だから、もし零れてお父さんの頭や顔にかかっていたら大火傷《やけど》になっていました。それに硫酸は水よりも比重が大きいから、不知火先生が仰ったように見た目よりも重く感じられると思います」

「なるほど。失礼ですが歩夢さんはよくご存じですね。自動車がお好きなんですか？」

不知火は興味を抱いて尋ねる。

「いえ、自動車のことはよく分かりませんが、何かの本に載っていました。機械関係が好きなので大学も工学部に通っています」

「理系ですか。お父さま譲りの性質かもしれませんね」

「でもお父さんとそんな話をすることもありませんでした。工学部へ進学するのも気に入らなかったみたいです。自分も工学部出身なのに、役に立たない勉強だと言って喜んでくれませんでした」

「ご自身と同じだからこそ、苦労を知っておられたのではないでしょうか。気に入らないというよりは歩夢さんを心配されていたんだと思いますよ」

不知火は諭すように話す。とはいえ娘の進路を頭ごなしに否定しては元も子もない。やはり横瀬典之は、父親としては不器用な性格だったようだ。そして整理整頓にも無頓着だったので自ら死を招くこととなってしまった。

「しかし、どうしていきなりそんな物が落ちてきたんでしょうか……」

不知火は疑問をつぶやき軽く後ろを振り返る。ドアの向こうから部屋を覗き込んでいる柔井と目が合った。

「あ、彩音先生……」

「呼ばれるまで来ないつもりか。いちいち入口でつまずくなよ」

「違うんです。その、この部屋はとても危険なんです」

「何だよ。また『猛犬注意』って書いてあったのか？」

「いえ、この部屋自体が危ないんです」

柔井は入口の柱に身を預けて訴える。

「部屋全体が歪んで傾いているんです。ここから見て東側に〇・五度、南側に〇・八度下がっています」

「それがどうした。典之さんが自分で建てたんだ。ちょっとくらい斜めになっても仕方ないだろ」

「ち、違うんです。この家屋との繋《つな》ぎ目を見る限り、建てたあとで徐々に傾いてきたようです。さっき外から見た時、この辺りだけ地面が湿っているようにも見えました。日当たりも悪いし、歩夢さんも以前は池があったと言っていたから、水はけが悪くて土地も緩くなっていると思います。そこに杭も打たずにコンクリートで枠を作って、その上にこんな仕事部屋を建てたものだから、年月を経てだんだんと地中に沈み込んできたんです」

柔井は典之の作業を見ていたかのように語る。歩夢は驚いて目を大きくさせたが、不知火は特に感心することもなく足で床板を数回踏み鳴らしていた。ほんの少し、板がたわむような弾力を感じた。

「あと、そのせいで床板も湿気でもろくなっているから、そこに大きな穴まで空いています」

柔井は北側の隅を指差す。見れば確かに床板が踏み抜かれたように裂けており、三〇センチ四方ほどの穴が空いていた。穴の中は縁の下にまで通じているようだ。

「歩夢さん、あの穴はご存じでしたか？」

「はい、前にお父さんが誤って物を落とした際に空けてしまったそうです。あの辺りは特に湿気が多くて床板も腐っていたとか。直しておかないと危ないよって話したのを覚えています」

歩夢の答えを聞いて不知火は柔井のほうに向き直った。

「ふぅん。それでハム太郎はわたしと歩夢さんを部屋に残して、自分は外から覗いているのか。いい度胸だな」

「そ、それは……だって二人とも先に入ったから。でも彩音先生と歩夢さんくらいの体重だと大丈夫なはずです」

「なんでお前がわたしたちの体重を知ってんだよ。お世辞のつもりでも気持ち悪いぞ」

「でもそのスチール棚は危険です。奥の棚に入っている荷物が、ここから見える範囲だけでも全部で八五〇キロくらいあります。床板もその重さで沈んでいます」

「部屋の傾きとか荷物の重さとか、探偵さんって見るだけで分かるんですか？」

歩夢が気になって口を挟む。柔井は小刻みにうなずきつつ、わずかに首を傾《かし》げた。

「探偵の能力じゃなくて、危機を避ける本能ですよ」

不知火は呆れた口調で説明する。

「柔井は人一倍恐がりなので、何かと言い訳を作って部屋へ入らないようにしているだけです。彼の目には棚の荷物も坂の上の鉄球に見えているんですよ」

「そんなに……」

「いい加減にしろハム太郎。こんな棚、ちょっとやそっとじゃ倒れねぇよ」

「ぼ、ぼくもそう思います。でも、もし万が一、地震が起きたり強風が吹いたりしたらと思うと……」

「あ、そうです。強風が吹いたんです」

歩夢がその言葉に反応して声を上げた。

「七月一日の夜は台風が来ていて、この辺りも雨と風がかなり強かったみたいです。それで強風に煽られて部屋が揺れてスチール棚が倒れてきたんだろうって警察の人が説明していました。柔井さんの言う通り、この仕事部屋もかなり傾いているそうです」

「それは不運でしたね。典之さんは夜に仕事をされる方だったんでしょうか？」

「昼夜を問わず、いつも仕事をしていました。寝るのもこの部屋で済ましていたようです。せめて片付けくらいちゃんとしてくれていたら、棚が倒れてきても助かったかもしれないのに……」

歩夢は壊れた事務椅子のほうを見て唇を結ぶ。不知火は無言でうなずくと慰めるように彼女の肩に手を置いた。

「ハム太郎、いつまでそこにいるつもりだ。さっさと中に入って調査しろ」

「え、でも、もし地震が起きたらどうするんですか？」

「決まってんだろ。棚を支えてわたしたちを守るんだよ」

不知火は首だけで振り返って射るような視線を向ける。柔井は逆らえない雰囲気を感じ取って体を震わせた。

六

柔井は恐る恐る仕事部屋に入ると、不知火の指示を受けて南側の事故現場を調査する。不知火と歩夢は北側の工作エリアでパイプ椅子に腰かけてその様子を眺めていた。作業台には歩夢が運んで来たアイスティーのグラスが置かれている。部屋にエアコンはなく、二人の足下では首を伸ばした扇風機が作動している。家屋の廊下へと繋がるドアと、事務机の面した南側の窓を開放して風を通していた。

「不知火先生。わたしも先にこの仕事部屋で色々と探してみました。でも遺言に関わりがありそうなものは何も見つかりませんでした」

歩夢は柔井のほうに目を向けたまま話す。彼女も調査の手伝いを申し出たが、不知火がそれには及ばないと断っていた。

「見る者が替われば新しい事実が発見できるかもしれません。典之さんがこの場所で歩夢さんにご遺言を伝えたとすれば、わたしたちとしても調査をしないわけにはいきません。無駄に終わるかもしれませんがお付き合いください」

不知火はそう言ってアイスティーのストローに唇を付ける。事務所では助手と名乗った彼女だが、探偵の柔井を手伝う気はまったくないらしい。ただそのお陰で歩夢も気兼ねなく座っていられた。

「あの、不知火先生。一つ質問してもいいですか？」

「ええ、何でしょうか？」

「不知火先生は探偵の助手と聞きましたけど、どうして探偵の柔井さんから先生と呼ばれているんですか？」

「彼が勝手にそう呼んでいるだけです。ただ、わたしは探偵としては彼の助手ですが、臨床心理士としては彼の先生だからです」

「臨床心理士？」

「生駒《いこま》市にある『聖エラリイ総合病院』はご存じでしょうか？　わたしはそこの心療内科にも勤務しているんです。典之さんの知人だった弁護士の根津先生ともそこで初めてお会いしました。先生は犯罪心理学に関心のある方なので、その方面から相談を受けました」

「そうなんですか。じゃあ柔井さんも探偵として相談に来たんですか？」

「彼の場合、相談に来ましたが探偵としてではありません。自分自身についてわたしの助言を求めて来たのです」

「自分自身について？」

「彼は他の人よりも人見知りが激しくて、引っ込み思案で、口下手で、体力がなくて、度胸もなくて、高いところと暗いところと狭いところと尖った物と大きな音と汚れた空気が苦手です。それをなんとか克服したいと思っているのです」

「はあ」

「あと肌が弱くて日光と金属も苦手のようです。それに乗り物に酔いやすくて頭痛持ちで体も硬くて胃腸も弱くて……おいハム太郎、他に弱点はあるか？」

不知火は柔井に向かって声をかける。彼はスチール棚から取り出した重そうな段ボール箱を抱えてあえいでいた。

「い、いえ。ぼくはそのくらいです。あとは、食べ物だと辛い物と甘い物と苦い物があまり得意じゃないですけど」

「好物はお豆腐とこんにゃくだそうです」

不知火の説明に歩夢は啞然《あぜん》とした表情でうなずく。返す言葉が見つからない様子だった。

「それでは、わたしからも歩夢さんにお尋ねしてもよろしいでしょうか。もちろん、依頼に関するご質問です」

戸惑う歩夢の隙を衝くように不知火が言葉を投げかける。

「お父さま、典之さんは機械設計などをお仕事にされていたとお聞きしましたが、具体的にどのようなものかはご存じでしょうか？」

「具体的には……分かりません。何をやっているのか聞くこともなかったので。ただこの部屋にある物とか、たまにこの机でやっている作業とか、目に入ったパソコンの画面などを思い出してみると、やはり何か機械を作ったり動かしたりすることを仕事にしていたと思います。会社でもそうでしたから」

「機械メーカーに勤めていたそうですが、そちらの仕事はどうでしたか？」

「大阪市の平野《ひらの》区にある坂上《さかがみ》製作所というところで働いていました。FA《エフエー》関連の機器を製造する会社で……あ、FAって分かりますか？」

「ファクトリー・オートメーション。工場などでの生産工程において自動化をはかるシステムのことでしょうか？」

「そうです。お父さんはそこで多関節ロボット、自動車の製造工場などにあるアーム形のロボットなどを開発するチームにいたそうです」

「典之さんに向いている仕事だと思いますが、定年退職前に辞職しておられますね。何かあったんでしょうか？」

「上のお姉ちゃんから聞きましたけど、辞める一年前に別の部門へ異動になったそうです。新規事業開拓本部の部長とか。出世には違いないそうですが、それがどうも合わなかったみたいです」

「いわゆる管理職ですね。会社内での地位は上がりましたが、開発の仕事から遠ざかったのが辛《つら》かったのかもしれません。それで結局は辞職して、ご自宅に仕事部屋を作って自ら開発の仕事を請け負うことにした、といったところでしょうか。思い切りがいいというか、凄いバイタリティだと思います」

「お父さん、変わり者なんです。なんでも自分で動いて、自分で作らないと気が済まない人でした」

　歩夢は父の気持ちを代弁する。不知火は同意するようにうなずくと、スチール棚の向こうに目を向けた。柔井は床に正座して、手元に積んだ山のような書類を一枚ずつめくり続けている。全部に目を通すにはまだしばらく時間がかかりそうだった。

「ところで歩夢さん。典之さんはパソコンを使って仕事をされていたそうですが、そのパソコンはどこにありますか？　机の上には見当たりませんね」

「あ、そうなんです。パソコンも事故で壊れてしまったんです」

　歩夢は思い出したように話す。

「液晶モニタの裏側に本体が付いた一体型のパソコンだったんですが、それも倒れてきたスチール棚に押し潰されていました。かなり強く当たったみたいで、電源を入れても何も映らなくなりました。そこの段ボール箱の中にしまってありますが、どうにもなりません」

「液晶モニタが壊れた程度なら何とかなりますよね。最悪でもハードディスクさえ残っていればデータの復旧は可能だと思いますが？」

「知っています。でも運悪くそのハードディスクにまでスチール棚の角が直撃したようです。修理会社にも見てもらったんですが、外側のケースがへこんで中身もバラバラになっていました。直すには物凄く時間と費用がかかって、それでも完全にデータを取り戻すのは難しいと言われました」

歩夢の説明に不知火はうなずく。ハードディスクの中身はプラッタという複数枚の金属ディスクが重ねられている。この部分まで損傷を受けてしまうとデータの復旧は相当困難になるだろう。警察捜査の証拠物件や企業の重要データなど、どうしても調査の必要がある場合を除けば、まず諦めざるを得ない状況だった。

「前もって調査していただいて助かります。そういうことなら仕方ありませんね」

「はい、わたしもパソコンの中身が分かれば遺言の意味も調べられるかと思ったのですが」

「つまり歩夢さんも、典之さんの仕事内容がご遺言に関係しているとお考えなのですね」

不知火の問いかけに歩夢はしっかりとうなずく。家族を顧みない仕事人間、会社を辞めてまでこだわった技術者の遺言なら、そう考えるのが自然だった。

七

やがてスチール棚の向こうから柔井がゆらりと姿を現す。暗い顔には疲労の色が浮かび、袖を捲《まく》った白いワイシャツは汗と埃で灰色に染まっていた。両手にいくつかの拾得物を抱えている。不知火は机に頰杖を突いて流し目を向けていた。

「あの、お待たせしました。調査が終わりました」

「やっと終わったか。なんか薄汚れたな」

「ご、ごめんなさい。あっちこっちに物を動かしていたんですけど、その、埃がひどくて……」

柔井はそう言いながらも軽く咳き込む。不知火は鬱陶《うっとう》しそうに左手を振った。

「汚いからこっちへ来んな。扇風機にあたってこい」

「お疲れさまです。お茶がありますから、どうぞ座ってください」

歩夢はさすがに同情して席を勧める。柔井は鳩のように会釈を繰り返して椅子に腰を下ろした。

「それでハム太郎、何か分かったか」

「それがどうも……よく分かりませんでした」

「そうか。じゃあもう一回埃にまみれてこい」

「い、いいえ。調べられるところは全て調べ尽くしました。それで思い出したんですけど、あの、典之さんが使っていたパソコンというのは……」

「その話はもう終わった。事故でパソコンも一緒に壊れてデータも復旧できないそうだ」

「あ、そうなんですか。残念です。部屋にある物を見た限りでは、やっぱり典之さんの遺言は仕事に関係しているものだと推理したんですけど……」

「その話ももう終わったんだよ。余計なことを考えずに、お前のへたれ目で見た調査結果を報告しろ」

不知火は組んだ足を苛立《いらだ》たしげに振ってうながす。柔井は自信なげな表情のまま話し始めた。

「じゃあ、ええと、典之さんの机の周囲とうしろのスチール棚を一通り調査しました。でも、物が多い上に整理もされていなかったので、何が重要なのかよく分かりませんでした。

それで一応の基準として、発行日の新しい書籍や紙の質が新しそうな書類を探してみたところ、流体工学や発光ダイオードに関する資料が見つかりました」

柔井はそう言って数冊の分厚い書籍と数十枚の書類を出す。書籍は『流体工学ハンドブック』や『流体静力学の性質と計算』とタイトルが付けられている。書類は主にインターネットの内容をプリントアウトしたものらしく、発光ダイオードを使った基板の回路図やパーツショップの価格表などが表記されていた。不知火は書籍のページをパラパラとめくる。難解な文章と公式が書かれており、付箋や折り目などは付いていなかった。

「歩夢さん、流体工学というのは、流体力学を工業分野に応用することでしょうか？」

「お父さんが読んでいたとしたら、そういうことだと思います。流体ということは、水や空気を使って何かをするつもりだったんでしょうか？」

歩夢も同意を示す。流体力学が必要となる分野は幅広く、河川や海岸の工事から船舶や航空機の設計、宇宙ロケットの開発にまで関わる基礎的な学問だ。典之が何かしらの開発で参考にしても不思議ではないだろう。

「発光ダイオードといえば近ごろは照明などにも使われているＬＥＤのことですね。こちらは書類を見ると、実際にパーツを買って機器を製作しようとした形跡が窺えます」

「でも、ＬＥＤに関係する流体力学ってなんでしょうか？　点灯時に発生する熱のことでしょうか？」

「歩夢さん、その結論は少し性急です。この二点が同一の研究、ご遺言に関するものかどうかもまだ分かりませんから。そうだなハム太郎」

「あ、はい、そうです。どちらも特に繋がりを示すようなものは見つかりませんでした。だから、その、まったく関係がないものかもしれません。ごめんなさい……」

柔井は語尾を濁しつつぼそぼそと話す。不知火は特に叱ることなく資料を机に戻した。

「あっちの事務机には典之さん自身が書いた書類もたくさんあるようだが、めぼしいものは見つからなかったのか？」

「はあ、それが、さっぱり意味の分からないものばかりで……」

「意味は分からなくても、何が書いてあるかくらいは分かるだろ」

「いや、それも……。実はあそこにある直筆の紙のほとんどが、書類とも呼べないメモ書きばかりでした。何かの図形とか計算式とか、専門用語とかデータのファイル名とか。ご自身の覚え書き程度のものしかありませんでした」

「そこから推理するのが探偵じゃねぇのかよ」

「はあ、だからパソコンがあれば分かるかもしれないって……」

「それがないから聞いてんだよ。あれば探偵なんていらねぇよ」

「お父さんは仕事中にもよくメモを取っていました」

歩夢がおずおずと手を上げて柔井に助け船を出す。

「癖だと思うんですけど、お父さんは自分にだけ分かるようなメモを書きながら、パソコンで設計したりイメージ絵を描いたりしていました。だから不知火先生が言うようにメモが解読できれば何をしようとしていたのかも分かると思います。でも柔井さんが言うように走り書きや分からない計算式が多くて、わたしも途中で断念してしまいました」

「前もって調べていただきありがとうございます。そういった取り組みは決して無駄にはなりません。探偵調査の基本も地道な作業ですから。簡単に諦める奴は探偵失格です」

不知火は歩夢の労をねぎらってから柔井に横目を向ける。彼はあたふたしながら別の紙束を差し出した。

「あの、それとは別になりますけど、ぼくも地道に調査して、こういう物を見つけました」

「地道に嗅ぎ回っているだけで解決できると思うなよ。なんだこりゃ、新聞か？」

「け、競輪新聞です」

紙束は駅の売店などで販売されている、競輪の情報を専門に取り扱った新聞だった。一般の新聞紙とは違い、白い厚手の紙にカラー印刷されている。欄外にある発行日は先月の一五日となっていた。表面《おもてめん》にはレースごとに出場選手の名前と勝率のデータなどが掲載されている。その上に赤色のペンで『○』や『×』や数字などの勝敗予想が手書きで加えられていた。

「歩夢さん、典之さんは競輪の趣味がおありだったんですか？」

「そういえば、数年前から時々やっていました。平城《へいじょう》駅から行ける奈良競輪場へも足を運んでいたみたいです」

近鉄の平城駅はこの家のある近鉄郡山駅から奈良市に向かって一五分程度で行ける。奈良競輪場はそこから歩いて一〇分弱の場所にあった。

「二番目のお姉ちゃんに聞きましたけど、お父さんは凄く競輪が強かったそうです。データを数学的に分析していけば大体は当てられるとか。会社を辞めて賭け事をするのは良くないって注意したそうですけど、勝ち過ぎるからつまらない、やっぱり仕事のほうが面白いって言っていたそうです」

「よくよく魅力的なお父さまです。真面目な方と想像していましたが、ユーモアも分かる方だったようですね」

「ありがとうございます。わたしも振り返ってみるとそう思えるようになりました」

歩夢は照れたような笑みを浮かべて応える。不知火もほほえみながら柔井に目を向けた。

「それでハム太郎、競輪がご遺言の調査にどう関係しているんだ？」

「すみません。競輪は関係ないんです」

「いい加減にしろよてめぇ。ヒールの底を舐《な》めたいのか」

「ご、ごめんなさい。そこじゃなくて、中面《なかめん》です。新聞を開いてご覧ください」

柔井はぺこぺこと頭を下げつつ説明する。不知火はその気弱な顔をしばらく睨《にら》んでから、おもむろに競輪新聞を開いた。そこにも別のレース情報や選手のインタビュー記事などが掲載されている。だがそれとは別に、黒色のペンで落書きをするように大きく人物の絵が描かれていた。

「これは……」

歩夢も身を乗り出して覗き込む。人物は福々しく太った大柄な男性で、あぐらをかくようにどっしりと座っている。頭は特徴的なもじゃもじゃの短髪で、顔は簡易に描かれているが頬の膨らんだ四角い輪郭をしていた。右手は手首を上げて手の平をこちらに向けており、左手は手の平を上にしている。頭の先から足を組んだ地面まで線が引かれて『14.98』という数字が書かれている。頭部や胴体部、腕や足、長い福耳にまで同じように細かく数字が書き込まれていた。

「……大仏か」

不知火のつぶやきに柔井と歩夢がうなずく。上手とは言えないが、誰が見ても明らかに座禅を組んだ仏の姿が描かれていた。詳細に書き込まれた数字はそれぞれのサイズを示しているのだろう。大仏であれば単位はメートルになるはずだった。

「単なる落書きでもなさそうだな。典之さんの性格と仕事ぶりを想像すると、こんなところにでも重要なメモを残しておいた可能性は高い」

「まさか本当に、大仏さんを立たせるつもりだったんでしょうか」

歩夢も目を丸くしている。前もって調べていたという彼女も、競輪新聞の中面までは確認していなかったようだ。

「少なくとも、これで典之さんのご遺言にあった大仏という言葉は、たとえ話ではなく本当に仏像のことのようですね。それにしても頭の大きさや耳の長さまでよく調べられたものです」

「あ、それについては、こんな物を見つけました」

柔井は続けて床から奇妙な物体を持ち上げる。プラスチック製で、蜘蛛やアメンボが足を伸ばしたような形をした、黒く平たい物体。縦横が二〇センチほどの大きさで、十字形の本体の先に四枚のプロペラが付いていた。

「それは……確かドローンって奴じゃないか？」

「そうです。無線で動かせる飛行ロボットのドローンです」

ドローンは近年急速に普及している小型マルチコプターの一種だ。一般的には四枚以上のプロペラを搭載しており、空中を浮かぶように飛んでその場に留まるホバリング飛行に優れていた。大きさは手の平サイズの物から幅一メートルを超える物まであるが、一般的には幅三〇センチから五〇センチくらいの物が多い。スマートフォンなどIT機器との親和性が高く、商業利用や新しい玩具《おもちゃ》としての利用に注目を集めている人気の商品だった。

ちなみに、以前からあるラジコンヘリとの違いは、厳密にはプロポと呼ばれる無線の送信機を使って操縦する物をラジコンヘリと呼び、GPSなどを搭載して自立飛行できる物をドローンと呼ぶ。ただし世間の認識では、本物のヘリコプターを小型にした物をラジコンヘリと呼び、複数のプロペラを搭載した飛行ロボットをドローンと呼ぶなど見た目で分類されていた。

「メーカーのロゴや型番が付いているので、自作した物ではなく、市販されている商品のようです。いまは家電量販店でも普通に売られています。コントローラーは見当たらないので、スマートフォンやタブレット端末で操作ができるタイプだと思います」

不知火は柔井が差し出したドローンを眺める。黒い細身のボディと四枚のプロペラは、近未来的な造形美と大型昆虫を思わせる不気味さが感じられた。

「ドローンを使って何をするんだ？　県庁の屋上にでも墜落させるのか？」

「いいえ、ドローンの有効な使い方に空中撮影があります。本体に搭載されているカメラを使って写真撮影やビデオ録画ができるんです。だから典之さんもこの機能を使って、あの大きな大仏さまを真正面や上から撮影してサイズを測ったんだと思います」

「でも柔井さん、そんなことをして怒られないでしょうか？」

歩夢が首を傾げつつ尋ねる。不知火から柔井のへたれぶりを聞いたせいか、彼女も積極的に意見するようになっていた。不意打ちに弱い柔井は目を白黒させて狼狽《ろうばい》した。

「あ、そ、そうですね。大仏さまを上から見下ろすなんてバチが当たります。ごめんなさい……」

「い、いえ、そうじゃなくて。いつも人が多い大仏殿の中でこんな物を飛ばしたら危ない気がしますけど」

「勝手に飛ばしたりなんてしたら、バチが当たる前に取り押さえられるでしょうね」

遠慮がちな二人の間を割って不知火が答える。二人は揃ってうなずいた。

「ということは、飛ばす前にお寺の方に許可をいただかなければいけません。その際にはきちんと事情を伝える必要がありますね」

「事情……大仏さんを立って歩かせる理由ですね！」

歩夢は意味を理解して声を上げる。大仏殿には典之からドローンを飛ばす理由を聞いた人物。すなわち遺言の意味を知る人物がいるはずだった。

八

　仕事部屋での調査を一通り終えた三人は家屋を抜けて庭へと出る。歩夢は念のために家中の戸締まりを確認してから、玄関の引き戸に鍵をかけた。鍵は戸の中心にかける一般的な召《め》し合わせ錠で、それ以外の防犯設備は施されていない。ただ歩夢の話によると、警察の捜査で疑問視された様子もなかったので、横瀬典之の事故当日に何者かが鍵を開けて家屋に侵入したということもなさそうだ。

「半信半疑ではありましたが、典之さんのご遺言は本当に奈良の大仏が関係しているようですね」

　不知火と歩夢は並んで庭を歩く。柔井はそのうしろにもたもたと続いていた。

「競輪新聞の日付は六月一五日でしたから、あの絵を描いたのはそれ以降、七月一日に亡くなられるまでの間になります。歩夢さんがお父さまのご遺言をお聞きになったのも一か月くらい前でしたね」

「きっと、お父さんはずっとそのことを考え続けていたんだと思います。でも、いったいあの大仏さんをどうやって立って歩かせるつもりだったんでしょうか？　大仏殿の人が何か知っていたらいいですけど」

「話を聞いてみる価値はあると思います。それで、わたしたちはこれから奈良公園へと向かいますが、歩夢さんはどうされますか？　成果が得られるかどうかも分からないので、お付き合いいただくこともありませんが」

「調査の邪魔にならなければ付いて行ってもいいですか？　わたしも、あらためて大仏さんを見たくなってきました」

「もちろんです。では一緒に行きましょう」

　不知火はにっこりとほほえんで左手を差し出す。歩夢は少し戸惑ってから、照れたように顔を赤らめて右手で握った。そのまま手を振りながら庭を出る。ふと背後を振り返ると、柔井が庭の東側で四つん這《ば》いになっていた。

「あの、柔井さんはまた何をしているんでしょうか？」

「さあ……歩き方を忘れたのかもしれません」

　不知火は溜息をつくと歩夢の手を離して柔井の元へ戻る。彼は両手を地面に突いたまま、うなだれるように頭を下げていた。ズボンを汚さないように膝を伸ばしており、尻が高々と持ち上がっていた。

「どうしたハム太郎、蹴って欲しいのか？」

「え？　あ、いえ、それが、ここの地面にちょっとおかしな痕跡があるんです」

柔井は振り返らずに答える。不知火も見下ろすが薄茶色の土に変わったところは見当たらなかった。

「わたしには何も見えないぞ。もっと具体的に言え」

「それが……ほとんど消えているので正確には分かりませんけど、五〇センチ四方の物が二種類、縦に並んでいたような跡があります」

「なんだそれ？　歩夢さん、何か覚えはありますか？」

不知火は振り返って歩夢に尋ねる。彼女も膝に手を置いて地面を見つめていた。

「五〇センチ四方の物が二種類？　なんでしょうか、よく分かりません。というか、そんな跡、本当にありますか？」

「こいつが言うのなら間違いはありません。段差や格差に敏感ですから」

不知火はまったく疑うことなく返す。柔井の言動をあれだけ貶《けな》していたにも拘《かか》わらず、彼の調査能力は信頼しているようだ。

「じゃあ、お父さんが何か置いていたんでしょうか？」

「いえ……置いていたというよりは、庭の門扉からほぼ一直線にこちらへ移動しています」

柔井は痩せたラクダのように四つん這いで移動する。その先には横瀬典之の仕事部屋があった。

「そっちには出入口もありませんから、わたしたちも特に行くことはありません」

「でも、地面が軟らかいからより目立つようになってきました。なんだろう、これ……」

「典之さんが何か運んでいたんじゃないのか？　仕事に使う材料とか」

不知火があとに続いて言うが柔井は首をひねった。

「人の足跡もいくつかありますから、そうかもしれません。でもこれ、地面のへこみ具合から見ても一つで六〇キロから八〇キロくらいはありそうです」

「八〇キロだって？　そんなの一人じゃ運べないぞ。岩か？」

「まさか……大仏さんの足跡ですか？」

歩夢の言葉に不知火と柔井が振り向いた。

「五〇センチ四方で八〇キロの物が、縦に二種類並んでいるんですよね。それって、土踏まずのあるアーチ形の大きな足跡にも見えないでしょうか？」

「物は二個じゃなくて一個だということですか。どうなんだハム太郎」

「そう思えなくもないですけど……」

柔井はそのまま移動して、仕事部屋の外壁と東側の塀との隙間にまで辿《たど》り着いた。隙間は幅一メートルにも満たない。

「でも、片足一六〇キロの巨大な足跡だとすると、大仏さまの大きさはどれくらいになるんでしょうか。それがこの隙間から、出たか入ったかしています」

「それはまた無茶な話だな。歩夢さん、あの隙間からどこかへ繋がっていますか？」

　不知火の質問に歩夢は首を振った。

「どこにも繋がっていません。塀は家の敷地を一周しています。お父さんが仕事部屋を建てたせいで、そんな狭い隙間だけが残りました」

「ハム太郎、何か見えるか？」

「いえ、別に。歩夢さんの言う通り、突き当たりも塀が取り囲んでいます。あとは仕事部屋の下に換気口があるだけです」

　柔井は地面に顔を付けるようにして覗き込む。暗い隙間の下、コンクリートの土台には幅四〇センチ、高さ二〇センチほどの床下換気口が設けられている。地面の湿気を逃がすための物であり、動物が入り込まないように格子状の柵が付けられていた。不知火と歩夢は柔井の背後から覗く。

「ハム太郎、換気口の中に何か見えるか？」

「ちょっと暗くてよく分かりません」

「じゃあ柵を外して中に入ってみろ。お前の胸板の薄さならいけるだろ」

「い、嫌です。こんなに暗くて狭いところ、ぼくには入れません。それに大仏さまがここから出入りするのも不可能です」

柔井は早口で拒否する。理由はともかく、換気口程度の大きさでは大仏の片足すら通らないのは間違いなかった。

「お父さん、何をしていたんだろう。大仏さんを立って歩かせるって、まさか大仏さんにそっくりのロボットを作ったのでしょうか？」

歩夢は不可解な状況を前につぶやく。二足歩行が可能な高さ数十メートルの仏像ロボット。横瀬典之は本当にそんな物を作り上げたのか。それをどこに隠したのか。不知火はその質問には答えずに歩夢に目を向けた。

「ここにいても謎は解けそうにないので、とにかく大仏殿へと行ってみましょう。それでいいな？　ハム太郎」

「は、はい。ぼくもそれでいいですけど……」

柔井は塀の隙間から四つん這いのまま後退する。

「……あの、腰が曲がったまま戻らなくなったんですけど、どうしましょう」

「油でも注《さ》しとけ、さっさと行くぞ」

不知火は冷たく言うと踵《きびす》を返して歩き出した。

九

大仏殿は奈良公園の北、東大寺《とうだいじ》の中央に建つ仏堂で、正式には華厳宗《けごんしゅう》大本山・東大寺金堂《こんどう》という建物だ。創建は西暦七五八年。大仏の完成後に像を覆うように建てられたものであり、世界最大級の木造建築物として知られていた。

その大仏殿内に安置されているのが、言わずと知れた奈良の大仏、東大寺盧舎那仏像《るしゃなぶつ》だ。七四三年に聖武《しょうむ》天皇の『盧舎那仏造顕《ぞうけん》の詔《みことのり》』により建造が始まり、紆余曲折を経て九年後の七五二年に開眼供養会《かいげんくようえ》が執り行われて完成となった。高さ一五・八〇メートルの巨大仏像は青銅で鋳造されており、当時は螺髪《らほつ》が青く全身に金鍍金《めっき》を施した光り輝く姿だったという。以来、二度の大きな兵火に見舞われ高さは一四・九八メートルになったが、大仏は一二五〇年以上にもわたってこの地に腰を落ち着かせている。現在でも東大寺の本尊として祀られているとともに、古都奈良の一大スポットとして人気を集めていた。

不知火、柔井、歩夢の三人は横瀬家から大仏殿へと向かう。交差点で人力車の勧誘を断り、木陰に集まる鹿を横目に南大門を通り、中門を抜けると壮大な仏堂が正面に見えた。重厚感のある鈍色《にびいろ》の瓦屋根と、両端に飾られた金色の鴟尾《しび》が七月の青空に映える。平日の午後だが付近は人で賑わっている。制服姿の修学旅行生や国内ツアーの高齢者たち、外国人観光客が多いようだ。

大仏殿の中も人が溢れ、それぞれ立ち止まっては正面の像を見上げて感嘆の声を漏らしている。写真撮影も自由とあってカメラや携帯電話を向けている者も多かった。中央には光背《こうはい》を持った大仏がどっしりと座している。右の掌を正面に向けて、悟りを開いた静かな表情で人々を迎え入れていた。順路は大仏を時計回りに一周するように設けられており、出口の手前には授与所を兼ねた土産物店がある。店の前には説明員らしき男がいる。紺色の作務衣《さむえ》を着ており、坊主頭で白い太眉の老人だった。先頭を行く不知火が振り返る。

「話を聞けそうな人がいるな。ハム太郎、行ってこい」

「ぼ、ぼくが一人で行くんですか？　みんなで一緒に行けば恐くないのに」

「助手と依頼人に頼るな。典之さんを知っているかどうか聞いてくればいいだけだよ」

不知火は立ち止まって面倒そうにうながす。柔井は猫背をさらに丸めて渋々といった態度で土産物店のほうへと向かった。

「もしかすると立っているかもと思いましたが、やはり座っていましたね」

不知火は大仏を見上げて言う。隣に立つ歩夢もその壮大さに溜息を漏らした。

「わたし、ずっと奈良に住んでいましたけど、直接大仏さんを見るのは小学校の遠足以来です。あらためて見ると、やっぱり大きいですね」

　顔を下げて振り向くと、柔井の小さな背が目に入る。説明員を前にして、妙にぎこちない姿が目についた。

「柔井さんって、どうして探偵をしているんですか？」

「探偵になるのが、子どものころからの夢だったそうです」

　不知火は振り返らず、大仏に向かって話しかける。

「抜群の知性、強靭《きょうじん》な肉体、華麗な弁舌、溢れる勇気、胸に秘めたる正義の心。彼は漫画や小説で見る名探偵に憧れて、本当に事務所を開設したようです」

「え？　でもそれって……」

「そうですね。探偵になったからといってそんな能力が身につくものではありません。フィクションの名探偵は、元から優れた能力を持っていた人が探偵をしているのです。でも柔井は、探偵になれば強くなれると思い込んでいました。前提からして間違っています。努力せずに形から入る奴の典型なんです。お陰でご覧の有様です」

　不知火に外国人男性の二人組がカメラを見せて笑顔で話しかけてくる。どうやら写真を撮ってもいいかと尋ねているらしい。彼女はにっこりと笑顔を見せると、慣れた調子で短く言葉を交わして追い払うように手を振った。

「でもご安心ください、歩夢さん。ご依頼は必ず解決させますから」

「はあ……」

やがて柔井はロボットダンスのようにぎくしゃくとした動きでこちらへ戻って来る。説明員の老人は遠くから訝《いぶか》しげな目をこちらに向けていた。

「あ、彩音先生……」

「どうだ、話は聞けたか?」

不知火は笑顔から厳しい表情に変わる。柔井は首を傾けつつ、はっきりしない態度でうなずいた。

「聞いてきましたけど……あの、やっぱり大仏さまが立って歩くことはないそうです」

「何を聞いてきたんだよ」

「そ、それと、ここでドローンを飛ばすのはダメだって。叱られちゃいました」

「不知火先生……」

歩夢は不安そうな顔で不知火を見る。不知火は眉間に皺を寄せて溜息をつくと、歩夢を連れて土産物店のほうへと向かった。途中、柔井の横を通り抜ける際に彼の革靴の爪先をヒールの踵で踏み潰す。説明員の老人はまだこちらの様子を見つめていたが、颯爽《さっそう》と向かって来る赤眼鏡の美人と、高校生くらいの真面目そうな少女の姿にやや戸惑いを見せた。

「お忙しいところを失礼いたします。ちょっとお話よろしいでしょうか？」

不知火はあらためて声をかけて事情を話す。ただし警戒されないように探偵であることは隠して、自分たちを親戚同士であると偽った。先日亡くなった叔父が遺した奇妙な言葉の意味を調べていると気軽な口調で説明する。会話の意図を察した歩夢も隣でうなずき同意を示した。行武《ゆきたけ》と名乗る説明員は話に納得すると穏やかな顔を見せる。先に柔井が口下手な話をしていたこともあって、まさか二人を探偵助手とその依頼人だと疑うこともなかった。

「ああ、そういう事情ですか。さっきの人が、大仏さまがどうとかドローンを飛ばすとか、何か物騒なことを仰っていたので慌てましたよ」

「説明不足で申し訳ございません。彼も叔父のことで少々気が動転していたようです」

不知火が困り顔で頭を下げたので、歩夢もつられてお辞儀をする。背後の柔井は初めからうなだれていた。行武は笑顔で首を振った。

「いえいえ。しかし大仏さまが立って歩くということはありませんよ。その叔父さんが夢でも見ておられたのか、何か他のものをたとえてそう言われたのではないでしょうか。ほら、体の大きな人を大仏さんみたいだとか言いますよね」

「わたしもそんなところを想像しているのですが、どうも叔父は実際にこちらの大仏さまの寸法を測っていたようなのです。体の大きさや手足の大きさも、耳の長さまで細かく調べていました。それで、もしかすると実際にこちらへ足を運んで測ったのかもしれない、どなたかにお断りしてドローンを飛ばして写真を撮らせていただいたのかもしれないと思いお尋ねしました」

「いや、それはないですね。ぼくも横瀬典之さんという方は存じておりませんから」

行武は即座に否定する。

「他の方もご存じないでしょうか？」

「聞いてもいいですが、知らないと思いますよ。少なくともこんなところでドローンを飛ばすようなことは考えられません。人に当たると危ないですし、大仏さまに当たれば大変なことになりますよ」

「たとえば早朝や夜間に飛ばすとして、前もってどなたかに許可をいただいていたということはありませんか？」

「個人に許可を出すようなことはないと思います。文化財の調査やテレビ局の取材ならあるかもしれませんが、それならぼくの耳にも入るはずです」

「それでは大仏さまの大きさはどうやって測ったのでしょうか？　何か資料の貸し出しなどはされていますか？」

「うーん、資料を出さなくても色々なところで紹介していますよ。大仏さまの大きさなら東大寺のホームページにも掲載していたはずです」

「耳の長さもですか？」

「耳の長さも、指の長さも、鼻の高さだって載っています。皆さん興味を持たれていますからね」

行武は楽しげに語る。不知火と歩夢は顔を見合わせて互いにうなずき合った。競輪新聞のメモ書きから遺言と大仏との関連性を見つけたが、仏像の幅や高さや部位のサイズは実際に測るまでもなく調べられるようだ。

「ホームページに掲載されているなら、大仏殿でドローンを飛ばす必要もありませんね」

不知火は小声で歩夢に話す。彼女は顔を曇らせてうなずいた。

「そうですね。誰かに話を聞くこともなかったのかも……」

「さらに言えば、ここへも来ていないかもしれません」

横瀬典之が大仏殿を訪れたというのは、あくまでドローンを使って空中撮影を行ったという推測からの疑いに過ぎない。それが否定されたとなると、ここを訪れる理由もなくなっていた。単純に大仏の外見を調べたいなら、それこそ書籍や資料からいくらでも手に入れられる。自らカメラを構えて撮影する必要もないだろう。

「ああ、でも、別の人なら大仏さまについて聞きに来ましたよ」

ふいに行武は思い出したように声を上げる。不知火と歩夢が驚いて顔を上げた。

「先月の一〇日くらいだったか。男の人が朝一番にここへ来てね、熱心に色んな方向から写真を撮って、大仏さまの大きさについてもぼくに尋ねてきましたよ」

「その方は何か理由を話しておられましたか？　それとも観光ついでの世間話のような感じでしたか？」

不知火が素早く質問する。

「仕事だと言っていました。未確定だから詳しくは話せないが、大仏さまをモデルにした何かを作るつもりでいるとか。それで足の形などを知りたかったそうです」

「大仏さまの足を……」

不知火は隣にそびえる大仏を見上げる。蓮華座の上には薄衣を纏《まと》った膝だけが見えていた。

行武は話を続ける。

「大仏さまは高いところで座禅を組んでおられるので、足の形はよく見えないんですよ。正面に回っても辛うじて裸足の左足が見える程度です。だから普通に写真を撮っても写りません。それで足の形や指の長さをぼくに聞いてきました」

「それ、やっぱりお父さんじゃないですか？　お父さんも大仏さんの足を作ろうとしていたんです」

　歩夢が尋ねるが行武は首を振って否定した。

「いや、聞いた名前は違っていました。横瀬典之という名前はいま初めて聞きましたからね。名刺も渡されたから間違いありません。探して来ましょうか？」

「ぜひお願いします。ちなみにどのような方でしたか？」

　不知火が尋ねる。

「ああ、ちょっと変わった人だったかな。口振りは真面目そうだったけど、見た目がね。中年なのに髪を赤く染めて口ヒゲを生やしていました」

「赤い髪に口ヒゲ？」

「名刺を見たら会社の社長さんでした」

「吾妻西次《あづませいじ》、さん？」

　歩夢は知らない名前をつぶやく。行武も眉を持ち上げた。

「まさか吾妻西次さんですか？」

「あ、そうそう。そんな名前でしたね。なんだ、お知り合いでしたか」

「……どなたですか？」

　不知火が歩夢に横目を向けて小声で尋ねる。彼女は神妙な顔つきを見せていた。

「葬儀の日にお会いしました……お父さんのライバルだった人です」

一〇

大仏殿を出た三人は歩夢の説明と名刺の住所に従って吾妻西次の会社へと向かう。彼は奈良県との県境にある京都府相楽《そうらく》郡で吾妻企画というロボット製造会社を経営していた。企業や工場、官公庁やイベントなど、場所を問わずにロボットやそれに関連した機器の企画から開発を行っているらしい。そのため横瀬典之がかつて勤めていた機械メーカーと仕事が重なることもあり、同じくロボット開発を行っていた二人は仕事を奪い合うライバル関係にあった。

事前に連絡を取ったところ、会うという返答が得られたので、三人は会社を訪れて案内された応接スペースで待つ。吾妻企画は新興の会社らしく、社内は明るくオープンなレイアウトが組まれていた。磨りガラスの仕切りの向こうでラフな服装の社員たちが忙しなく行き交う姿が見える。また広い敷地に社屋と製作所を併設していることもあって、薄緑色の作業着姿の者もいた。遠くからは重機の動く低音や金属を加工する騒音が延々と聞こえている。やがて「失礼する」の声とともに一人の男が姿を現した。

「待たせてしまった。吾妻です」

吾妻西次はやや気取った口調で挨拶をする。年齢は横瀬典之より三歳下の五四歳。背が高く濃い顔つきに赤黒い髪と口ヒゲという奇抜な風貌をしていた。黒のTシャツにジーンズという社長らしからぬ服装をしている。不知火と歩夢は立ち上がって頭を下げる。遅れて柔井も中腰になった。

「急な話で申し訳ございません。横瀬典之の姪にあたる不知火と申します。こちらは甥の柔井君です。歩夢ちゃんは葬儀の日にお会いしたそうですね」

不知火は偽りの親戚関係を淀みなく説明する。隣で歩夢が深くお辞儀した。

「先日は父の葬儀にご参列いただきありがとうございました」

「こちらこそ。まあどうぞ、お座りください」

吾妻も慇懃《いんぎん》に頭を下げてから着席をうながした。

「さて、横瀬博士のご親族がお揃いで、わたしになんの用だろうか」

「このような話を吾妻さんにするのはお門違いではありますが、実は叔父の遺言に関しましてぜひお知恵をお借りしたくお伺いしました」

不知火はそう言うと横瀬典之の遺言について説明する。事故死の一か月ほど前に歩夢は父親から『大仏を立って歩かせる』という言葉を聞いた。遺言のつもりではなかっただろうが、娘が耳にした最後の言葉だった。葬儀のあと、親戚一同が集まってその意味を考えたが、誰も何も思いつかなかった。ただ、彼の性格から考えても仕事に関係していることは間違いないと思った。そこで仕事を通じて知人だったという吾妻に尋ねてみてはどうかという話になり、その代表として娘の歩夢と親戚の自分たちが伺った。と虚偽を交えて語った。

「なるほど。なかなか興味深い話だ」

不知火が話を終えるなり吾妻が言う。二重瞼《まぶた》の大きな目に好奇心の光が宿っていた。

「大仏さんを立って歩かせるか。横瀬博士らしいエキセントリックな発想だ。しかしそれがどういう意味なのかは、わたしにも分からない」

「吾妻さんは叔父とライバル関係にあったとお聞きしました」

「ああ、確か歩夢君にはそう言ったね。わたしの会社と、横瀬博士が前に勤めておられた坂上製作所とは一部で競合関係にあるんだよ。特に横瀬博士が所属されていたロボット製作チームとは仕事を取り合うことも多くて、お会いするのもクライアントを前にしたプレゼンの場がほとんどだった。言うなれば商売敵といったところだ。しかし葬儀の場でそう名乗るのも印象が悪いと思って、あえてライバルとしておいた」

吾妻は眉を上げて窺うように歩夢を見る。彼女は真剣な目差しでうなずいた。

「ということは、その、やっぱりお父さんとは仲が悪かったんですか？」

「商売敵だからといって不仲とは限らない。わたしも横瀬博士もビジネスに私情は挟まない主義だからな。博士が感情的な人でないのはきみも知っているだろう。仕事一筋のひたむきな人だった」

「じゃあ、仲が良かったんですか？」

「二元論では語れないものもある。わたしが横瀬さんを博士と呼ぶ理由は分かるか？　尊敬していたんだ、本当に」

「叔父をそのように思っていただけてわたしも嬉《うれ》しいです」

不知火が歩夢に代わって口を開く。

「そのようなご関係にあった吾妻さんでも、遺言の意味は分からないものなのでしょうか？」

「そう期待されても困る。わたしも横瀬博士が独立されてからは一度も会っていなかったからね」

「叔父は会社を出てからも機械の設計と開発を仕事にしていました。そうすると『大仏を立って歩かせる』という遺言から思いつくのは、立って歩く大仏のロボットという発想ですが、これはいかがでしょうか？」

「思いつくのは自由だが、現実的ではない。もっとも、横瀬博士も夢物語のつもりで娘さんに話されたのかもしれないがな」

「現実的ではありませんか？」

　不知火は強調して尋ねる。吾妻は迷う素振りも見せずにうなずいた。

「実はわたしたち、先ほどまで東大寺の大仏殿へ行っておりました」

「大仏殿へ？」

「叔父が大仏のことを言っていたのなら、実際に見に行こうという話になりました。残念ながら叔父に関することは分かりませんでしたが、代わりに別の情報を得ることができました。先月吾妻さんも足を運ばれたそうですね？」

「わたしも……そうか、説明員から話を聞いたのか」

「大仏の写真を撮影したり、大きさについて質問されたりしたとか。何かお仕事に関係することでしょうか？」

　不知火が質問を投げかける。吾妻は一呼吸置いてから、「そうだな」と返した。

「少し確認しておきたいことがあったから行ってみたんだ。いまどきはデータも写真もネットで手に入れられるが、せっかく近所で仕事をしているのだから、それくらいの手間はかけるべきだと思ったのだよ」

「どのようなお仕事でしょうか？　当然、大仏に関するものですよね？」

「まあな。しかしここからは企業秘密と言っておこう」

「仕事は取り合い、ということですか？」

「……気の強い姪御さんだな」

吾妻は鼻で笑って目を細める。不知火も笑顔を見せている。歩夢は疑うような表情を見せており、柔井はうつむいたまま微動だにしなかった。

「オフレコなのは本当だ。クライアントが発表する前に、製作会社が情報を漏らすわけにはいかない。しかし君たちになら見せてもいいだろう。ただし、その前にわたしからの質問にも答えてもらいたい」

「どのようなご質問でしょうか？」

「不知火君といったね。きみは何者だ？　横瀬博士の姪というのは嘘だろう」

吾妻は鋭い視線を向ける。不知火はわずかに笑顔を止《と》めてから口を開いた。

「なぜ、そう思われますか？　叔父に似ていないと言われても困りますが」

「きみのような美しい人が葬儀に参列していれば、わたしも見逃すはずがない」

「ご冗談を」

「きみの口振りがあまりにも整い過ぎているからだ。普通、親族の話をするならもう少し遠慮をするものだ。わたしが分からないと答えても引き下がる素振りも見せない。なんとしても情報を得なければならないからだろう、自分の仕事として」

吾妻は右手で赤髪を撫でつけながら指摘する。不知火は溜息をついてほほえんだ。

「おそれいりました。出しゃばり過ぎてしまいましたか」

「そうやって見破られることも想定の範囲内だったんじゃないか？　何者だ？　マスコミか？　保険会社か？　競合メーカーのスパイ、ではないと思うが」

「どれも違います。わたしと柔井はフロイト総合研究所という探偵事務所の者です。横瀬歩夢さんのご依頼を受けて典之さんのご遺言を調査しています」

「探偵だったか……」

「ですから、吾妻さんに不利益を与えるものではありません。秘密の厳守も徹底しております。歩夢さんのためにも調査にご協力いただけませんでしょうか？」

「嘘をついてすみません、吾妻さん」

歩夢が気まずそうな顔で頭を下げる。吾妻は「いや」と短く返したあと、隣の柔井に目を向けた。

「ちょっと待て……きみもそうなのか？」

「え？　あ、はい……」

柔井は震える手を膝に置いたまま、顔も上げずにうなずき続ける。

「た、探偵の柔井と申します。ごめんなさい」

「……油断していた。きみのほうは本物の甥だと思っていたよ。フロイト総合研究所、大したものだな」

　吾妻は感心したようにつぶやく。不知火は不満げな顔を隠して、自信ありげにうなずいた。

二

　説明するよりも実物を見たほうが早いとのことで、三人は吾妻とともに社屋を出ると製作所へと向かう。敷地には学校の体育館に似た建物が二棟並び、それぞれ『第一工場』、『第二工場』と名前が付けられていた。案内された第二工場は内部でいくつかのスペースに区切られており、それぞれ別の作業が行われている。こちらでは大量生産は行わず、試作品やイベントなどで使う一点ものの製品を開発しているという。吾妻はその製作スペースの一つで足を止めて振り向いた。

「きみたちが見たいのはこういう物だろう？」

　区切られた製作スペースはそれだけで横瀬典之の仕事部屋よりも広く、土台の安定したスチール棚には似たような工具類や材料がきちんと整理して収められている。吾妻が指し示す中央の広い作業台の上には、縦横四メートルほどもある巨大な金属製の『足』が置かれていた。

「あ、足です……」

歩夢は呆然とつぶやき、不知火もうなずく。人間の左足首より下を象《かたど》った素足の像が目の前にあった。表面は何枚もの金属板を貼り合わせて作られており、くすんだ鉄色をしている。くるぶしや足指の関節には隙間があり、足首の上から垂れ下がる血管のような赤いコードが、側に置かれた制御装置に接続されていた。単なる置物ではなく可動式であることを窺わせる。そのせいか外見は機械じみていながらも妙に生々しい印象がある。現代的な芸術作品、あるいは、やはり巨大ロボットの足を思い起こさせた。

「稼働テストを繰り返して細部の調整を行っているところだ。あとは表面にラバーを貼って色を付ければ完成となる」

「動く大仏の足、ですか」

不知火は足像に顔を向けたまま横目で吾妻を見る。返答がないのは肯定を意味していた。

「面白い作品ですね。でも足だけですか？　体や頭は作らないんですか？」

「まさか。片足だけで精一杯さ」

吾妻は作業台の上から一枚のチラシを取って不知火に手渡した。

「来月に平城宮跡《へいじょうきゅうせき》で開催されるイベントに出展する作品だ。本物では見ることのできない大仏の足。爪先を持ち上げたり、指を動かしたりして楽しんでもらおうと考えている」

チラシには『平城京なつまつり』のタイトルとともにイベントの開催が告知されている。八月一日から七日までの一週間をかけて、大極殿《だいごくでん》や朱雀門《すざくもん》のある平城宮跡にて夏祭りが催されるようだ。音楽やダンスのパフォーマンスのほか、古都にちなんだ芸術作品の展示スペースや家族向けに伝統工芸品作りの体験コーナーなどが設けられる。また県内各地の物産展や、地元の作物を使った飲食の屋台などが軒を連ねると紹介されていた。

「このようなものが開催されるんですね。歩夢さんはご存じでしたか？」

不知火はチラシを歩夢に渡す。親戚同士という設定はもう必要なくなっていた。

「……全然知りませんでした」

歩夢はじっとチラシを見つめて首を振る。彼女も初めて目にしたものらしい。ただ、何かに気づいたような表情を見せていた。不知火が吾妻に話す。

「イベントに出展する作品となれば、やはり新鮮で来場者の目を引くものが求められます。もちろんテーマに沿った内容であることも必須の条件でしょう。平城宮跡で開催されるお祭りに、奈良の大仏をモチーフにした作品を出すのは王道です。来場者への大きなインパクトが期待できるでしょうね」

「よく分かっているな。それだけに、奇を衒《てら》うのは難しいものだ」

吾妻は腕を組んで返す。不知火は「ごもっともです」と深くうなずいた。

「横瀬典之さんも、作品を出展するつもりだったのでしょうか？」

「知らないな。わたしも依頼を受けて仕事をしているまでだ。イベントの詳細や進行については何も聞いていないよ」

「どちらから依頼を受けましたか？」

「隠してもすぐに調べがつくだろう。西大寺《さいだいじ》にある『ダラニ印刷』というところだ。ここがイベントの運営会社として動き回っている。わたしへの依頼は昨年の末ごろだった」

「ダラニ印刷さん……確か葬儀でいただいた弔電の中に名前を見たと思います」

歩夢のつぶやきに不知火がうなずく。

「典之さんが歩夢さんにご遺言を伝えられたのは先月のことです。もしかしてダラニ印刷さんは、典之さんと吾妻さんのお二人に仕事を依頼されていたのでしょうか？」

「そんな話は聞いていない。だが、出展作品がわたしのものだけとも限らないだろうな」

「吾妻さんが、お父さんの作品を取ったんじゃないですか？」

ふいに歩夢が声を上げる。思い詰めたような目は吾妻と、その背後にある大仏の足に向けられていた。

「お父さんは、大仏さんを立って歩かせると言っていました。そして吾妻さんは動く大仏さんの足を作っていました。同じような作品を二つ展示するのはおかしいと思います。どちらかを選ぶとなると、わたしなら立って歩く大仏さんのほうが見たいです。きっと他の人もそう思います。だから……」

「歩夢君」

吾妻は静かな口調で制して、ちらりと不知火を窺う。彼女が口を挟もうとはしなかったのでさらに話を続けた。

「もし、わたしが仕事を依頼する側の人間だとしたら、横瀬博士のプランは到底受け容れる気にはなれない。なぜなら、さっき不知火さんにも言ったが、現実的ではないからだ」

「現実的ではないって、どういうことですか？」

「神戸にある『鉄人28号』のモニュメントは、高さ一五メートルほどで重さが五〇トンほどあるらしい。プロジェクトの発足から完成までに三年の期間を費やして、総工費に一億三五〇〇万円をかけたそうだ。東京のお台場に展示されていた『ガンダム』はどうだろう。おそらく同じくらいか、それ以上の期間と費用がかかったはずだ。もちろん、二体ともロボットではなくモニュメントだ。中に入っているのは支柱だけで動かすことはできない。それでもよくできたものだとわたしは感心しているよ」

「そんなに、大変なんですか……」

「我々は芸術家ではなくビジネスマンだ。限られた予算と工期の中で、最適な作品を提供する仕事をしている。依頼は所詮《しょせん》、一週間だけ開催される夏祭りの展示物に過ぎない。わたしの作る大仏さんの足ですらギリギリの工期と開発費の中で苦心しているんだ」

吾妻は厳しい目付きで語る。奇抜な容貌をしているが、話の内容は地に足が着いた実直な会社社長を思わせるものだった。大学生の歩夢は言い返すこともできずうつむく。ただ、意志の強い目だけは彼の顔を見続けていた。

「自立歩行が可能なロボット大仏は素晴らしいアイデアだ。しかし、できなければなんの意味もない。亡くなった方を悪く言うのは忍びないが、横瀬博士はいつもその見通しが甘くて失敗されていた。開発部門から外されて、会社を辞めて一人で仕事をするようになったのもそういうことだろう。情熱だけではどうにもならないこともある」

「お、大きさを縮めて作ろうとしていたのかも……」

「五分の一か一〇分の一か。ミニチュアの大仏さんになんの価値がある。もしそれが横瀬博士の目的だったとしたら、わたしは博士の仕事を軽蔑する」

「いえ……そう、足だけは作っていたはずなんです」

歩夢は怯《ひる》まずに声を上げる。

「動く大仏さんの足です！　お父さんがそれを作っていた形跡がありました。でも、それがどこかへ消えてしまったんです」

「足が消えた？」

「庭に足跡だけが残っていたんです。でも足だけが歩いてどこかへ行くことなんてあり得ません。だから、そう、きっと誰かに盗まれたんです！」

歩夢の視線は目の前にある大仏の足に注がれている。吾妻は驚いた顔で瞬きを繰り返す。

不知火は発言を止めようと彼女の肩に手を伸ばした。

「あ、そ、その足は違いますから、歩夢さん」

背後にいた柔井が申し訳なさそうに言った。

一二

歩夢と吾妻と不知火の目が柔井のほうに向けられる。彼は目線をあちこちに泳がせながら、なぜか「ごめんなさい」とつぶやいた。

「違うのか？　ハム太郎」

不知火が口を噤んだ柔井に尋ねる。吾妻が唇だけで「ハム太郎？」とつぶやいた。歩夢が睨むように目を向ける。

「でも柔井さん、お父さんが作ろうとしていた物も、こういうのじゃないんですか？」

「の、典之さんがどういう物を作ろうとしていたのかは、ぼくにはちょっと分かりません。だけど、少なくとも庭にあった足跡みたいな物はこれと一致しません」

「そんなの、分かるんですか？」

「だ、だって大きさも重さも全然違いますから。あの足跡みたいなのは、二種類の物に分かれていましたけど、両方を合わせても長さが一五〇センチくらいで、重さが一六〇キロくらいの物だと思います。それに対してこちらの吾妻さんが作った大仏さまの足は、ええと長さが三六〇センチくらいで、重さが八〇〇キロくらいあるように見えます」

「最終的には長さ三七四センチ、重さ八三〇キロになる予定だ」

吾妻が正確な数字を伝える。横瀬家の庭で見た足跡も相当大きかったが、目の前にある大仏の足は倍以上の大きさがあるらしい。歩夢はそれでも疑念を捨てていなかった。

「でも、お父さんの物はまだ作りかけで、吾妻さんがそれに機械を追加していったのかも」

「いえ、それもないと思います。だって、この足には土踏まずがありませんから」

「土踏まず？」

歩夢と不知火があらためて大仏の足に目を向ける。足の形は精巧に作られているものの、底部は爪先から踵まで、ぴったりと作業台に接地していた。一周を見回しても隙間は一切見当たらない。いわゆる扁平足《へんぺいそく》だった。

「庭にあった足跡みたいなものは、前後二か所に重量がかかっていました。それで土踏まずのあるアーチ形の足跡が想像できました。でもこの大仏さまの足には土踏まずがありません。もし足跡を付けてもまったく違う形になるはずです」

「大仏さんには土踏まずがないんだよ」

　吾妻が歩夢に向かって話す。

「わたしがわざわざ大仏殿へ行った理由がそれだ。仏には三十二相という独特の特徴があって、その一つに『足下安平立相《そくげあんぴょうりゅうそう》』という、足の裏が真っ平らなことが挙げられるそうだ。無論、大仏さんの足もそうなっていた」

「それは知りませんでした。詳しいご説明をありがとうございます」

　不知火が間髪を容れずに礼を述べる。

「歩夢さん、そうすると庭の痕跡はまた別の物であった可能性がありますね。研究熱心な典之さんが大仏の足の特徴を知らなかったとは思えません。あれが足跡でなかったとすれば、当然、吾妻さんが典之さんの仕事部屋から取って行くはずもありません」

「そう、ですね……」

歩夢は言葉に詰まって吾妻に頭を下げる。一応の謝罪を示しているらしい。

「でも不知火先生。それじゃあの痕跡はなんだったんでしょうか?」

「おいハム太郎。そろそろ見当は付いたのか?」

不知火は歩夢の質問を柔井に流す。しかし柔井はぼんやりとした顔でスチール棚の一点を見つめていた。

「あれは、ドローンですか?」

柔井の視線の先には黒く塗装された平たい物体が置かれている。吾妻は平然とした顔で「ああ」と答えた。

「よく見つけたな。興味があるのか?」

「いえ、別に興味は……」

「少し拝見してもよろしいでしょうか?」

不知火の声が被さる。吾妻は不思議そうな顔を見せつつ、スチール棚からドローンを引っ張り出してきた。四枚のプロペラを持つ二〇センチほどの機体は、横瀬典之の仕事場で見かけた物とまったく同じ製品だった。

「流行していると聞いたから買ったんだ。動かしてみようか?」

「ぜひお願いします。これも大仏の足を作る際に必要な物なのですか?」

「いや、まったく関係ない」

吾妻は操作スティックとタブレット端末を搭載したコントローラーを持つと、電源を入れてドローンを起動させる。四枚のプロペラが音を立てて高速回転すると、その場でふわりと浮かび始めた。

「へぇ……結構、音が大きいですね。簡単に操作できるものですか？」

「少し練習すれば扱えるようになる。前にダラニ印刷の担当者と平城宮跡の外れで飛ばして遊んでいたんだ。上空から写真撮影ができるから、そのうち大物を作る際には使えるかもしれないと思っている」

吾妻は慣れた操作でドローンを飛び回らせる。横瀬典之も同じ製品を持っていたことは不知火も歩夢も伝えようとはしなかった。単なる偶然だろうか？　技術者の二人が、市販されている流行の玩具を買っただけということなのか？　三人は空を舞うドローンを目で追っている。しかし柔井だけは吾妻の手元をじっと見つめていた。

「どうした？　きみもやりたいのか？」

吾妻は横目を柔井に向ける。彼は慌てて首を振った。

「いえ、ぼくは、そういうメカは一向に苦手で、とても扱えそうにありません」

「メカというほどの物でもないが」

「でも、そのコントローラーは、買えば付いてくるんですか？」

「そう。このモデルの場合、タブレット端末は別だが操作スティックは付属品だった。それがどうかしたのか？」

「い、いえ、別に……」

柔井はそう言いつつも軽く首を傾げていた。コントローラーはローマ字のHの形をしており、中央にタブレットを接続して左右のスティックを持って操作する。タブレットの液晶画面はドローンに搭載されたカメラと連動しているらしく、上から見た大仏の足と、見上げる不知火と歩夢の顔が映っていた。

「さて、他に質問がなければわたしも仕事に戻りたいのだが、いいかな」

「失礼しました。長い間お付き合いいただきありがとうございました」

不知火は吾妻に顔を向けて丁寧に礼を述べる。隣の歩夢もぺこりと頭を下げた。

「大した話はできなかったが、何かの役には立っただろうか」

「とても有益な情報を頂戴しました。お陰で調査を完遂できる見込みが立ちました」

「それなら歩夢君、一つわたしの頼みを聞いてはくれないか」

吾妻は着陸させたドローンを拾い上げげつつ歩夢に目を向ける。

「不知火君の調査結果を、いつかわたしにも教えてくれないだろうか。ご遺言の意味はなんだったのか、横瀬博士は最後に何を作ろうとしていたのか、わたしも興味が湧いてきたよ」

「分かりました。明らかになれば必ずお伝えします」

歩夢は吾妻に向かってしっかりと約束した。

一三

西大寺は平城宮跡の西にある寺院であり、南都七大寺に数えられる名刹《めいさつ》として知られている。西暦七六五年に称徳《しょうとく》天皇が、藤原仲麻呂《ふじわらのなかまろ》による反乱の平定と平和を祈願して金銅四天王像の造立とともに創建した。当時は大仏殿のある東大寺と対をなす寺院として、広大な敷地に多くの堂塔を有していたという。その後、平安時代に再三の災害を受けて規模は縮小し、現在ある堂の大半は江戸時代に再建されたものとなっていた。奈良公園や東大寺と比べると観光地としての見どころは少ないが、地域では長く親しまれている寺院である。

吾妻西次の会社を出たあと、不知火と柔井は話に聞いたダラニ印刷へと向かう。横瀬歩夢とはその場で別れて、彼女は下宿先のある京都方面へと電車で帰っていった。夕方の六時を過ぎたこともあり、依頼人にご同行いただくのは申し訳ないと不知火が伝えてうながした。ただ本心は、歩夢がふいに声を上げて吾妻を追及したように、意図せず調査の流れを妨げかねないことを危惧したからだった。

ダラニ印刷は近鉄大和西大寺駅の北に社屋を構えている。薄暮の迫りつつある時刻、道幅の狭い駅周辺は帰宅を急ぐ人々と、繁華街へと向かう人々で混雑していた。古めかしい灰色のビルは一階が搬入口となっており、イベントで使う看板や柱などを積んだトラックが停車している。その脇の階段から二階の事務所へと上がり、受付で『平城京なつまつり』の担当者を呼んだ。

「失礼しまーす」

パーティションで区切られた応接スペースに若い女が現れる。見た目は二五歳くらいだろうか。胸の辺りまで伸ばした茶色の巻髪に、濃いアイメイクを施している。事務系の地味な制服を着ているものの、顔や声のトーンにはアパレルショップの店員のような浮ついた印象があった。

「『平城京なつまつり』事務局の益谷《ますたに》美空《みそら》です。どういう用件ですか?」

「突然申し訳ございません。担当されているイベントについて少々お話をお聞きしたく伺いました」

不知火はかいつまんで調査内容を説明する。自分たちは横瀬典之の遺言について調査を行っている探偵であり、先ほどまで吾妻西次に会って聞き取り調査を行っていた。その際に祭りの開催を知り、興味を抱いてイベントの製作進行を行っているダラニ印刷を訪ねたと伝えた。益谷は興味深そうな目付きで不知火の話を聞いている。ただ自分とは無関係と思ったのか、話の内容については生返事を繰り返した。

「益谷さん、いかがでしょうか。横瀬典之さんについて何かご存じのことはありませんか？」

「はぁ……不知火さんって格好いいですね。わたし探偵の人って初めて見ましたけど」

「ありがとうございます」

「探偵さんって、もっと地味なおじさんがやっているものだと思っていました」

「探偵にも色々とおりますので。ただ経験も必要ですし、目立たないというのも大切な条件なので、男女ともに年長の方がされている場合が多いようです」

「それじゃ不知火さんはダメですよね。地味な感じだと隣の人のほうがそれっぽい」

益谷は笑いながら言う。不知火も反論せずに笑顔でうなずいた。柔井はとことん居心地が悪そうに固まっていた。

「それで益谷さん、いかがでしょうか？」

「ああ、はい。ええと、なんでしたっけ？」

「横瀬典之さんについてお聞きしたいのですが」

「はあ、でもわたしが作品の製作をお願いしているのは吾妻企画さんですけど」

「存じております。でも横瀬さんとも関わりがおありですよね？　ご遺族の方から葬儀の際に弔電をいただいたとお聞きしました」

「弔電？　ああ、電報ですね。はい、わたしが送りました。送れって言われたんで、インターネットで定型文を作って送信しました。あれ、すごく高くてびっくりしましたよ」

益谷は大袈裟な身振りを見せつつ話す。その後、大きく見せかけた目をさらに広げて話を続けた。

「そうだ。思い出しました。大和郡山の横瀬さんですね。うちから仕事を出していました」

「『平城京なつまつり』へ出展する作品ですか？」

「そうです。立って歩く大仏ロボットを作るって話でした」

益谷はあっさりと答える。横瀬典之の遺言の意味が突然明らかになった。

「やはり、そういうことでしたか。これで全て分かりました。ありがとうございます。できれば横瀬さんが提出された企画書やレイアウトなどを拝見したいのですがよろしいでしょうか？」

不知火は続けて尋ねる。益谷が嘘をついているとは思えないが、歩夢に調査結果を伝えるには証拠があったほうがいい。横瀬典之が製作する前に出した計画表やイメージ絵などがあれば確実となるはずだった。ところが益谷は細い眉をひそめて首を振った。

「ああ、そういうのはないですね。横瀬さんからは何も受け取っていないみたいです」

「あら、ございませんか。……失礼ですが、それでも御社は仕事を依頼されたのですか？心配ではありませんか？」

「そうなんですよ、不知火さん。それで吾妻さんにも依頼をしていたんです。イベントの製作物は一点だけで、先に横瀬さんに依頼したんです。でもあの人って口約束ばかりで一向に何も上げて来ないんです。だから心配になって吾妻さんにも依頼して、二人の進行を見てどちらかに決めるつもりだったんです」

「吾妻さんにはそのことを伝えましたか？」

「いや、言ってないはずです。途中から入ってもらった話ですし、こっちもどちらを選ぶか分からなかったし。ただ大仏さんをモチーフにしたいくらいの話はしていたかも」

「結果的に、横瀬さんが亡くなられたこともあって、吾妻さんが製作される『大仏の足』が採用されることになりましたね」

「念のためだったけど、二人に依頼しておいて良かったです。横瀬さんが亡くなったあとに別の人を探すのも大変だったと思います。まあ、支払いは増えたみたいですけど」

「というと、横瀬さんにも製作料金を支払われたんですか？」

「だって製作途中であっても支払わないといけませんから。というか横瀬さんのほうから前借りを頼まれたみたいですよ」

「益谷さん。差し支えがなければ、具体的な実行予算と横瀬さんに支払われた金額を教えていただけますか？」

　不知火は少し身を乗り出して尋ねる。益谷はややためらったが、無邪気に笑って顔を近付けた。

「あの、わたし、よく分かんないんですけど、こういうのって話してもいいんですか？」

「答えにくければ別に構いません。ただわたしが調査の確証を得たいために教えて欲しいんです。もちろん会社の他の方にも吾妻さんにも、横瀬さんの娘さんにも話しません」

「ええ、でも、どうしよう……」

　益谷は笑いながら首を左右に振る。不知火は彼女の右手をそっと摑むと、人差し指で掌をなぞった。

「もちろん、きょうのお時間をいただいたお礼もいたします」

「……5？」

「請求書なしで、帰る時に手渡しで良ければ。いかがですか？」

　不知火は整った唇を軽く持ち上げる。教えてくれれば五万円を支払うという意味だった。

右手を摑まれたままの益谷は目を泳がせつつ、隣の柔井を見る。彼はテーブルの隅をじっと見つめていた。

「あいつは気にしなくてもいいです。調教済みですから」

「不知火さん、こわーい」

益谷は明るく笑うと手を返して不知火の左手を摑んだ。

「うわっ、すっごいスベスベ。いいなぁ……。じゃあ一回だけ書きますからね。何も言わないでくださいよ」

「はい、どうぞ」

不知火はさらに顔を近付けてささやいた。

「えっと……作品の製作についてはこれだけです」

益谷は不知火の掌に『１８００』となぞる。

「で、横瀬さんに支払ったのが……」

次に『４００』となぞる。

「だから、吾妻さんにお支払いするのが……」

そして『１４００』となぞって手を離した。つまり一八〇〇万円の予算のうち、四〇〇万円を横瀬に先払いしており、残りの一四〇〇万円で吾妻に『大仏の足』を作ってもらう計画のようだ。不知火は理解して深くうなずくとテーブルから体を離した。

「ありがとうございます……しかし、横瀬さんはその予算で本当に大仏を立って歩かせるつもりだったのでしょうか。素人目にもかなり厳しいように思えるのですが」

「そうなんですよ。吾妻さんなんて足だけでも『足が出る』って脅してきますから、大仏さん全体を作るなんて絶対無理だったと思います」

「それにも拘わらず、費用の前借りまでされていた……。どうも横瀬さんは、御社にとってあまりいい仕事相手ではなかったようですね」

「そう思います。予算も工期も気にせずに無茶なことをやろうとしていましたから。おまけにお金まで取られて何もいいことないですよね。吾妻さんのほうがよっぽどしっかりしています。ちょっとキモイけど」

益谷は不知火との会話に慣れてきたのか、大っぴらに語る。不知火も含み笑いを漏らしつつ、隣の柔井に目を向けた。

「おいハム太郎。てめぇから何か質問はあるか？」

「ハム太郎？　ハム太郎っていうんですか？」

益谷は口に手をあてて噴き出す。柔井はうつむいたまま右手で頭を掻いた。

「ああ、いいえ、ぼくは別に……」

「てめぇ、楽な仕事をしてんな。わたしに喋らせるだけ喋らせて。何か思うことはないのかよ」

「思うことは……ええと、益谷さんは……」

柔井はぼそぼそとつぶやく。

「……益谷さんは、ぼくに似ているなって、思いました」

「はぁ？」

不知火と益谷が同時に声を上げる。柔井は「ごめんなさい」と頭を下げた。

「お前、失礼にもほどがあるぞ。どこをどう見てもまったく似てないだろ」

「いえ、その、顔は知りませんけど、中身のほうが……」

「もっと失礼だよ。一大イベントの運営者とへたれ探偵を一緒にすんな」

「そうなんですけど、ええと、何て言えばいいのかな……」

「何も言わなくていいよ」

不知火は呆れて返す。柔井は悩むように首をひねった。益谷も白い目を向けていたが、ふと思いついて声を上げた。

「もしかして、適当にやっているみたいに見えたんですか？　わたし、上司からも真剣さが足りないってよく言われるんですけど」

「あ、きっとそうです。いい加減というか、どこか他人事のように感じました」

柔井は顔を上げて答える。不知火は彼の後頭部を摑むとテーブルに押し付ける。ごんっと鈍い音が響いた。

一四

不知火と柔井は益谷との話を終えてダラニ印刷を出る。時刻はもう夜八時を回っていたが町は依然として蒸し暑い空気に包まれていた。柔井は雲に覆われた暗い空を見上げて、雨が降りますと不知火に報告する。急ぎ足で三条通の事務所に戻ると雷鳴が轟《とどろ》き始めていた。

「お前、天気予報だけは外したことがないよな」

「あ、はい。ありがとうございます」

「だけ、って言ったところをもっと気にしろよ」

不知火は事務所に着くなりバッグを投げ捨て、ジャケットを脱いでソファに寝転ぶ。柔井はエアコンのスイッチを入れると事務机の前の椅子に座って溜息をついた。

「ああ……やっぱり事務所は落ち着くなぁ」

「うるせぇ、喋んな」

不知火はヒールを脱いで仰向けになり長い足を伸ばす。だらしない姿も彼女がすれば、ファッション雑誌のアンニュイな広告写真に見えた。冷風に乱れた髪もそのままにして、心地よさそうに目を閉じる。

「……これでなんとか、調査の目処《めど》が付いたな」

「はい……一日中駆けずり回って大変でした」

「てめぇは何もしてねぇだろうが。何から何までわたしに喋らせやがって」

「で、でも、ぼくも横瀬典之さんの仕事部屋を調査しましたけど」

「ああ、横瀬典之が大仏殿でドローンを飛ばしたって奴か？」

「ごめんなさい……」

柔井は膝を摑んでうなだれる。不知火はごろりと横を向いて目を開いた。

「よぉハム太郎。お前、なんか別のことを考えてんだろ」

「べ、別のことって……」

「とぼけんなよ。横瀬典之は、本当に事故死だったのかってことだよ」

その時、事務所のドアをノックする音が聞こえた。

「彩音先生いますかー？　葉香《ようか》ですけどー」

「はいはい、いるよー。どうぞー」

不知火は途端に明るい声に変えて返答すると、体を起こしてソファに座り直す。ドアが開くと一人の少女がひょっこりと顔を出した。月西《つきにし》葉香、一六歳。このビルのオーナーでもある、一階『喫茶ムーンウエスト』のマスターの一人娘。はねた茶髪に大きな目をした高校一年生だった。

「お店の窓から彩音先生とハムちゃんが通るのを見たんです。お邪魔じゃないですか？　コーヒーをお持ちしましたけど」

「ありがとう。入って入って」

不知火は手招きしつつソファの隣を空ける。葉香は三つのコーヒーカップを載せた銀色のトレイをテーブルに置いて着席した。Tシャツとショートパンツの服装に店名の入った黒いエプロンを着けている。柔井も事務椅子から立ってのそのそと対面のソファに座った。

「きょうは遅かったですね。二人でお出かけしてたんですか？」

「お出かけじゃなくて、お仕事ね。朝から依頼を受けてずっと調査をしていたんだよ」

「お疲れさまです。なんの調査ですか？　もう解決したんですか？」

「それより、葉香ちゃんこそお仕事中じゃないの？」

「もうお客さんいないし、お手伝いは終わりです。後片付けはお父さんがやってくれます」

葉香はエプロンを外して膝の上にたたむ。彼女は法隆寺《ほうりゅうじ》近くの女子高校に通い、学校ではバスケットボール部に所属している。母親は既に他界しており、放課後や休日に時間があれば父親の喫茶店を手伝っていた。そしてたまに二階を訪れては不知火から探偵の話を聞いていた。

「それで彩音先生、きょうはなんの調査ですか？　殺人事件？」

「何か期待しているみたいだけど、違うよ。ただの調べものだから」

不知火はそう断ってから調査内容を葉香に語る。気心の知れた関係なので隠すこともなく、事件の経緯を簡潔に説明した。葉香は目を輝かせて興味深そうに聞いている。調査の結果、謎めいた遺言がイベントに出展する作品の内容だと判明すると、なるほどと膝を打った。

「ということで、これで調査は完了。遺言の意味も明らかになりましたとさ」

不知火が話を終えると、葉香は背筋を伸ばして胸の前で拍手した。

「すごーい。大仏さんが立って歩くなんて面白いですね」

「実現していればね。でもさすがに無茶な話だったと思うよ」

「残念ですね。見たかったなぁ」

葉香はそう言うなり、内緒話をするように小声で尋ねた。

「……それで、誰が横瀬典之を殺したんですか？」

「期待してもダメ。横瀬典之は倒れてきたスチール棚に挟まれて事故死したの」

「本当ですか？　それ」

「警察がそう言ったんだから間違いないよ」

不知火は苦笑いする。葉香はそれでも納得できない表情を見せていた。

「でもなんか不自然に思えますよ、わたし」

「事故死なんていつも不自然なものだよ。本人だって死ぬとは思っていなかったんだから」

「分かった。その吾妻西次って人が何かしたんじゃないですか？　横瀬典之から作品製作のお仕事を取るために。そう、庭の足跡って、きっと吾妻西次が作っていた大仏さんの足ですよ！」

「それも違うってことをハム太郎が証明したよ。おい、そうだな」

不知火が柔井に尋ねる。体を丸めてコーヒーをすっていた彼は顔を上げて無言でうなずいた。

「それに、益谷美空の話だと、最終的には吾妻西次の作品を採用するつもりだったみたい。横瀬典之の作品がいくら面白くても、完成しなきゃどうにもならないからね。だから吾妻西次が横瀬典之を殺害する必要なんてまったくないと思うよ」

「じゃあ、その益谷美空の仕業じゃないですか？　あとから仕事を依頼した吾妻西次の作品を選ぶことになったから、先に依頼していた横瀬典之が邪魔になったんですよ。だから殺したんですよ」

「益谷美空はそんなに仕事熱心じゃなかったよ。それに、その程度の理由で殺すほうが不自然じゃない？」

「でも恋愛だとそんなことあるじゃないですか。あとから出会った人を好きになっちゃったから、前から付き合っている人が邪魔になったとか。ち、痴情のもつれ？」

「難しい言葉を知っているね。でも仕事はもっとシビアだよ。どっちを選ぶかはクライアント次第だからね」

不知火は楽しそうに返答する。葉香は腕を組んで唸《うな》った。

「うーん、じゃあ、庭にあった大仏さんの足跡って、なんだったんですか？」

「大仏の足跡かどうかは分からないよ」

「でも、何か重い物を動かした跡だったんでしょ？　それは見つかっていませんよね？」

「見つかっていないけど、横瀬典之の遺言とは関係なかったんじゃないかな」

「それに、横瀬典之は四〇〇万円も前借りして何をしていたんですか？　何かを買ったり作ったりしていたから、そんなにお金がかかったんじゃないですか？」

「実物がなくても製作費はかかるものだよ。何か月も無償で働くこともあるからね。横瀬典之が前借りしてまでお金が必要だったかどうかは分からないけど」

「ほらほら、まだ分からないことがあるじゃないですか。未解決事件ですよ」

「分からなくても、遺言の意味が分かったからそれで解決だよ。うちはそういう依頼を受けたんだから」

不知火は手をひらひらと振る。探偵助手の彼女は、あくまで依頼内容以外の調査を行うつもりはない。葉香は不満そうに頬を膨らませると、頭を下げて対面の柔井の顔を覗き込んだ。

「ハムちゃん」

「え、な、何かな？」

柔井は体を震わせて視線を泳がせる。

「ハムちゃんも、それでいいの？」

「そ、それはもう、彩音先生の言うことだから。さ、殺人事件なんてまっぴらだよ」

「でも、なんか怪しいなって思っているんでしょ？」

「それは……いや、全然なんとも思っていないよ、ぼくは」

「いくじなし」

「何をいまさら。でも今回はそれでいいよ」

不知火は頭のうしろで手を組んでソファの背もたれに反り返る。

「とにかく、あとは報告書を出すだけでこの調査は終わりだよ。おいハム太郎。あすの昼にはまた歩夢さんが来るから、それまでに用意しておけよ」

「は、はい、頑張ります」

「つまんなーい」

葉香は不服そうに体を左右に揺らす。柔井はほっとしたような表情を見せていた。

かくして『たちあがれ、大仏事件』の調査は終了となった。

一五

雨は夜中のうちに上がったものの、翌日になっても空はまだ灰色の雲に覆われていた。不知火は昼前に事務所へとやって来たが、入口のドアはまだ鍵がかかったままだった。フロイト総研は柔井公太郎の個人事務所であり、他に所員は存在しない。不知火が合鍵を使って事務所へ入りソファに寝転んでいると、階段を上がる音とともに柔井が姿を現した。

「あ、彩音先生。おはようございます」

「おはようハム太郎。わたしよりあとに来るとはいい度胸しているな」

不知火は眺めていたファッション雑誌を下げて冷たい目を向ける。柔井は忙しなく首を振って否定した。

「ち、違います。ぼくは朝から出勤していました。いまはその、一階の喫茶店にいたんです」

「サボってんじゃねぇよ」

「いえ、働いていたんです。だからその、競輪です。マスターから競輪について話を聞いていたんです」

「てめぇのゴボウ足で競輪選手になれるかよ。それとも探偵をやめてギャンブラーにでもなるのか？」

「ぼ、ぼくじゃなくて、横瀬典之さんのことです」

柔井はガサガサと音を立ててポケットから紙束を取り出す。きのう、横瀬典之の仕事場で見つけた競輪新聞だった。

「この競輪新聞です。中面には例の、大仏さまの絵とサイズが黒いペンで描かれていましたが、表面には競輪の勝敗予想が赤いペンで書き込まれていました。『〇』とか『×』とか、順位の数字とか。それで、ぼくは競輪のことはよく知らないので、マスターに仕組みを教わっていたんです」

「何か分かったのか？」

「それがマスターに調べてもらったところ、この日のレース結果と書き込まれた内容とはまったく一致しませんでした。一着は『×』と書かれた選手だったし、順位も何一つ当たっていません。つまりこの勝敗予想通りに賭けていたら、全て外すことになったと思います」

「ふうん。歩夢さんの話だと横瀬典之は競輪が得意だったはずだけど。でもまあ、外れることもあるからギャンブルなんだろ。ああ、もしかして横瀬典之がダラニ印刷から製作費の四〇〇万円を前借りした理由もそれか？　ギャンブルで負けが込んだからか？　だとしたら、たちの悪い男だな」

「それはちょっと、よく分かりませんけど……」

　柔井は肯定も否定もせずに首をひねる。いま、この場でそれを確認する方法はなかった。

「まぁいいや。それでハム太郎。依頼の調査報告書はできたのか？」

「え？　ああ、はい……もうすぐできます」

「もうすぐってなんだよ。もうすぐ歩夢さんが来るだろうが。さっさとやれよ」

　不知火に急かされて柔井は慌てて事務机に向かう。使い慣れないパソコン相手に四苦八苦していると、側の電話から呼び出し音が鳴り響いた。不知火は雑誌に目を落としたまま動こうとはしない。電話も苦手な柔井は深呼吸をしてから受話器を上げた。

「はい、こちらフロイト総研ですけど……はい、どうも。……あ、そうなんですか。はい、分かりました。彩音先生にも伝えておきます」

柔井は受話器を置いて電話を切ると、もう一度深呼吸をした。

「……きょうは、ちゃんと電話が取れた」

そして再びパソコンに向かう。不知火は雑誌を閉じると柔井に目を向けた。

「こら、ハム太郎。お前なんかわたしに言うことがあるだろ」

「え、な、なんですか？」

「なんですかじゃねぇだろ。お前、いま電話でわたしにも伝えておくって言ってたじゃねぇか」

「ああ、そうだった。ええと、きょうは来ないそうですよ」

「誰が！」

「あ、歩夢さんです。お昼にこっちへ来る予定でしたけど来られなくなったって。だから別の日にして欲しいそうです」

「そう言えよ。別の日っていつだ」

「いえ、そ、それはまだ、決まっていませんけど……」

柔井はしどろもどろになって言う。不知火は呆れ顔で溜息をついた。

「お前なぁ、もうちょっとしっかり電話応対しろよ。日取りくらいその場で決めろ」

「でも、それは彩音先生とも相談しないと……」

「わたしならここにいるだろうが！　ていうか、てめぇ一人で対応しろよ。もう調査は終わってんだからよ」

「ごめんなさい……」

柔井はうなだれて謝る。不知火はうんざりしたように雑誌で顔を隠した。

「……それでハム太郎。歩夢さんはどうしてきょう来られなくなったんだ？　急用でもできたのか？」

「あ、はい。そうみたいです。ちょっと家から出られないって」

「家から出られないって、京都の下宿先か？　荷物でも届くのか？」

「いえ、大和郡山の実家です。なんでも、きょうの未明に家が放火されたそうです」

柔井は顔を上げてきっぱりと答える。

その顔面を不知火が投げた雑誌が直撃した。

一六

不知火と柔井は事務所を出ると歩夢の実家へと急行する。きのう訪れたばかりの家は東側から玄関にかけて黒く焼け焦げ、消火活動のせいで局地的な豪雨を受けたように濡れそぼっていた。特に仕事部屋の被害が一番大きく、壁の大半が失われて屋根も崩れ落ちている。細い柱が墓地にある卒塔婆《そとば》のように残り、その中に横瀬歩夢がぽつんと佇《たたず》んでいた。

「歩夢さん！」

不知火が駆け寄ると歩夢は体を震わせて振り返る。突然呼ばれてやや驚いたようだが、すぐ相手に気づいて会釈した。

「ああ……不知火先生。柔井さんも、来てくださったんですか」

「家が火事に遭われたと聞きましたので。大丈夫でしたか？」

「わたしは平気です。きょう事務所に行けなくてすみません」

「構いません。それで、放火というのは本当ですか？」

「そうみたいです……燃えちゃいました」

歩夢は疲れた顔に笑みを浮かべてそう言った。

彼女が聞いた警察の話によると、火事はきょうの午前二時ごろに発生したものと見られている。たまたま家の前を通りかかったトラックの運転手が、煙を上げて燃えていることに気づき、家を訪れて呼びかけたが反応がなかったので消防署に通報した。その後、隣の家に住む馴染みの主婦から京都の下宿先にいる歩夢の下へ連絡が入った。彼女がタクシーで駆け付けた時には既に鎮火しており、明け方から警察による現場検証と歩夢への聞き取り捜査が行われた。

調べによると出火元は横瀬典之の仕事部屋と見られる。警察が放火と断定した理由は、出火当時に家は無人であったこと、仕事部屋に自然発火するような火の元がなかったこと、そして玄関のドアの鍵が壊されており、何者かが家屋に侵入した形跡があったことが挙げられていた。

「幸いにも家には誰もいなかったし、親切な人がいち早く消防署に通報してくれたお陰で、この程度の被害で済みました。周りの家に燃え広がらなくて本当に良かったです」

歩夢は淡々とした口調で状況を説明する。ひとしきりの騒動が済んだあとなので気持ちも落ち着いているようだ。不知火はうなずいて周囲を見回す。床板も大半が燃え崩れ、コンクリートの枠に囲まれた地面が露出している。不安定だったスチール棚は二架とも倒れており、書籍や書類もほとんどが灰となっていた。

「歩夢さん。警察の現場検証はもう終わりましたか？」

「はい。先ほど皆さん帰りました」

「じゃあハム太郎、こっちへ来て調査しろ。きのう見た時と何か変わっていないか探せ」

「え？　な、何か変わっていないかって、何もかも変わっていますけど……」

柔井は庭先で呆然としたまま答える。しかし不知火が無言でじっと目を向けたので慌てて駆け寄り調査を始めた。歩夢が尋ねる。

「不知火先生、お父さんの遺言の調査はどうでしたか？」

「そちらのほうは完了しました。やはり吾妻さんが仰っていた、イベントへの出展作品だったようです」

　不知火はきのう歩夢と別れたあとに訪れたダラニ印刷での話を報告する。『大仏さんを立って歩かせる』とは、やはり大仏ロボットの開発であったと益谷美空が証言していた。ただし、実現するには予算も乏しく工期も短く、かなり無茶な計画だったと言わざるを得ない。しかも横瀬典之は開発の計画表や完成イメージ絵なども出さず、予算を前借りするなどして益谷を困らせていたようだ。

「典之さんのご遺言は、これから作ろうとしていた展示作品について語っておられたようです。調査内容を正確に報告するために、お父さまを批難するような話をしたのはご容赦ください」

「……調べていただきありがとうございました。やっぱり仕事のことだったんですね」

　歩夢は燃えかすの溜まった黒い地面を見つめながら言う。

「本当に、困った人です。無口で、頑固で、自分勝手で、頭の中は開発のことばかり。その癖、計画性がなくて何をどうするのかも言わないから、周りに迷惑をかけていたんです」

「歩夢さん……」

「お金を前借りしていたなんてことも、ちっとも知りませんでした。貯金はあるはずなのに、わたしの学費や、結婚費用も手付かずで残っていたのに……」

涙まじりのぐずついた声が聞こえる。

「それなのに、あんなことで死んじゃって、遺した物も全部燃えちゃって……」

不知火は足下にある木片の下に燃え残った白い紙片を見つけた。拾い上げてみると記念写真の切れ端のようだ。三分の一ほどしかないその写真には、二人の男女と、三人の女の子の足だけが残っていた。

「ハム太郎、来い」

「は、はい！」

辺りをうろついていた柔井が慌てて駆け付ける。呼びかけられた声の調子で不知火の心境を敏感に察知していた。彼女は寒気を感じるほど冷たい流し目を向ける。

「現場調査の結果を報告しろ」

「は、はあ……ええと、火災の被害がかなり大きくて、どうもガソリンか何かを撒いて一気に火を付けられたものと思います。お陰で書籍や書類の大半が燃えてしまったようです。金属や機械類については、散乱していますがそのまま残っていました。でも、例のドローンだけは、なぜかどこにも見つかりませんでした」

「ドローンがない？　燃えたんじゃないのか？」

「プラスチック製品なのでその可能性もあります。でも内部に組み込まれていたカメラやモーターやバッテリーなどの金属部品も見当たりませんでした」

「お前が探しても見つからないということは、盗まれたのか……」

不知火はようやく首を回して柔井のほうを向いた。

「それでハム太郎、放火犯の目星はついたか？」

「はい？」

柔井は予想外の質問に目を丸くさせる。隣の歩夢も顔を上げ、涙で赤くなった目を向けていた。

「はい、じゃねぇだろ。放火犯だよ。お前、なんのために調査していたんだよ」

「そ、それは、彩音先生が調べろって言うから……」

柔井がぼそぼそと答える。不知火は彼のネクタイを掴んで目の前まで引き寄せた。

「ぐぇ」

「よく聞けハム太郎。警察の調べだと、放火犯はきょうの午前二時ごろにこの家に上がって、仕事部屋に火を付けて逃げて行ったそうだ。だけど、きのうの夜わたしたちが事務所にいた時、外は雨が降っていたな。深夜には上がっていたと思うが、当然ここの家も雨に濡れていたはずだ。そんな状況なのに放火された。これらの情報から何が分かる？」

「ええと、それは、まず放火犯はこの家に誰もいないことを知っていたから、遠慮なく忍び込みました。それと典之さんの仕事部屋に何か理由があったから、そこで火を付けました。そして雨に濡れていても、いますぐ放火しないと困る事情がありました」

「その事情はなんだ？」

「はぁ、さっぱり分かりません」

「わたしたちの調査を妨害するために決まってんだろ！」

不知火は柔井の額に頭突きする。彼は思わず仰け反るが、ネクタイを摑まれているので空を見上げたままその場に静止した。

「いいかハム太郎。わたしたちが歩夢さんから依頼されたのは、横瀬典之さんのご遺言の調査だけだ。それなのに、まるで当てつけのように仕事部屋に放火された。なぜだ？　大仏のロボットを作る計画を知られるのがそんなにまずかったのか？」

「いえ……多分、遺言の意味じゃなくて、横瀬典之さんの死の真相を知られるのが、まずかったんだと思います」

「どんな真相だよ」

「だからその、つまり、横瀬典之さんは事故死じゃなくて、誰かに殺されたんだと思います。それで犯人が、証拠を消すために放火をしたんじゃないかと……」

「お父さんが、殺された……」

歩夢が呆然とした顔でつぶやく。不知火はネクタイを持つ手を離して柔井を睨んだ。

「犯人の勘違いであったとしても、うちの調査を妨害するために放火したのは許せねぇ。そうだな？」

「そ、そうなんですか？」

柔井はふらふらと柱に寄りかかる。

「ハム太郎、犯人を探せ。ただし時間も金もかけるなよ」

「そ、そんな無茶な。というか、依頼の調査はもう完了したから……」

「てめぇの事務所にも火を付けてやろうか？　そうすりゃちょっとは目が覚めるか？」

「め、目は覚めています。だから、ええと、益谷さんが……いや、吾妻さんにいくつか確認すれば、それで分かると思います」

「吾妻さん？　ちょうどいいな。わたしもあのキザオヤジに言いたいことがある」

不知火は含みある笑顔を見せると、歩夢のほうを向いた。

「歩夢さん、放火の件は本当に残念でした。まさかこんなことになるとは思いもよりませんでした。責任の一端はうちにあります」

「い、いえ、そんなことはないです。それよりも、お父さんが誰かに殺されたって本当ですか？」

歩夢は戸惑いを隠しきれない顔で尋ねる。不知火はしっかりとうなずいた。

「柔井はそうだと言っています。きっと放火された理由もそこにあるのでしょう」

「そんな……」

「それで、わたしたちはこれから犯人探しを行います。殺人犯と放火犯、おそらく同一人物です。もちろんこれはうちの独自調査ですから、歩夢さんの追加依頼にはいたしません。元々のご遺言に関する調査については、後日また報告書を提出します」

不知火は歩夢に向かって頭を下げると焼け跡から出て家を立ち去る。それを見て柔井も寄りかかっていた柱から離れた。

「あ……じゃ、じゃあぼくも帰ります。どうもお邪魔しました」

柔井はペコペコと頭を下げると、不知火の背中を追うように足を向ける。ところが歩夢が彼の手を掴んで引き戻した。

「うわっ、え、なんですか？」

柔井は慌てて振り返る。歩夢は彼に近付いて顔を見上げた。その目にはもう涙は滲んでいなかった。

「お願いします。わたしも連れて行ってください」

一七

蒸し暑い曇天の午後。不知火、柔井、歩夢の三人は再び吾妻西次の会社を訪れる。今回は社屋ではなく第二工場へと直接案内された。工場内ではきょうも多くの従業員がそれぞれの製作に励んでいる。その一角で吾妻は、例の『大仏の足』の前の床に座りパソコンに向かっていた。

「やあ、娘さんに探偵さん、きのうに引き続いてのお越しだな」

吾妻が振り返って腰を上げる。不知火と歩夢は揃って頭を下げる。ワンテンポ遅れて柔井もうつむいた顔をさらに下げた。不知火が言う。

「お忙しいところを毎日お伺いして申し訳ございません」

「構わんよ。大仏さんの足を見ているよりもお嬢さんたちと会話をしているほうが楽しい」

赤髪に口ヒゲの男は慣れた調子で返す。きょうも黒のTシャツにジーンズを身に着けている。さらに首には水色のタオルを巻いていた。

「きょうもわたしに何か質問が？」

「まずはご報告です。きのう吾妻さんにお会いしたあと、ご紹介いただきましたダラニ印刷の担当者さんに会って話を聞きました。それによると、吾妻さんよりも前に横瀬典之さんへ『平城京なつまつり』に出展する作品の製作を依頼していたことが分かりました。しかし横瀬典之さんが提案した『立って歩く大仏』の完成は難しいと見て、吾妻さんへ依頼し直していたようです」

「やはり、そういうことだったか。抜け目のない奴だとは思っていたが。わたしはまったく知らされていなかったよ」

「そのようですね。担当者さんは、吾妻さんには知らせないほうがいいと判断されたのでしょうか？」

「いや、あいつはもっと狡猾《こうかつ》だ。こちらが予算をオーバーするかもしれないと詰したら、だったら横瀬博士に依頼し直してもいいと、秤《はかり》にかけるふりをして脅してきたからな。先に横瀬博士に依頼していたとしたら、そんな話を持ち出すはずがない。わたしも舐められたものだ」

　吾妻は自虐的な笑みを浮かべて鼻で笑う。不知火はちらりと背後に顔を向ける。すると普段と違って真正面を向いていた柔井と目が合った。彼も会話に不自然なものを感じ取ったようだ。

「ところで不知火君、横瀬博士が作ろうとしていた『立って歩く大仏』の詳細については何か分かったか?」

「そちらについては、残念ながらめぼしい情報はほとんど得られませんでした。典之さんが事故に遭った際、使用していたパソコンのハードディスクも破壊されてしまいました。ダラニ印刷に何か資料があるかと思いましたが、『立って歩く大仏』というコンセプト以外は何も提出されていませんでした。おまけにきょうの未明、何者かが典之さんの家に放火して書類も全て灰になりました」

「何? そんなことがあったのか。大丈夫だったのか?」

吾妻は歩夢を見て尋ねる。彼女は申し訳なさそうにうなずいた。

「燃えたのはお父さんの仕事場だけで、誰も怪我をしていません。でも、すみません吾妻さん。お父さんがどういう物を作ろうとしていたのかは分からなくなりました」

「そうか……残念だが仕方ないな」

「典之さんの作品を調べる方法はあります」

不知火は吾妻と歩夢に向かって声を上げる。二人は驚いて振り向いた。

「どういう方法だ? 不知火君」

「その前に、吾妻さんにお尋ねしたいことがあります。おいハム太郎」

「え？　なんですか？」

柔井は戸惑いを見せて尋ねる。不知火はテンポを乱されて舌打ちした。

「なんですかじゃねぇよ。吾妻さんに確認したいことがあるって言ったのはてめぇだろ」

「ああ、そうだった。ええと、吾妻さん。その、ちょっとお聞きしたいことがあるんですけど……」

柔井はそう言うと製作スペースにある棚の一角を指差す。そこにはきのう見た黒色のドローンが置かれていた。

「あの、ドローンについてのことなんですけど」

「きみの話はドローンのことばかりだな。持って来ようか？」

「いえ、そのままでいいです」

「もしかして、お父さんの仕事部屋からなくなったドローンと何か関係があるんですか？」

歩夢が尋ねると柔井は不思議そうに瞬きを繰り返した。

「え？　いえ、それとはまた別の話で……別じゃないけど、ええと、その……」

「歩夢さん、質問はちょっと待ってください。こいつはそんなに器用じゃないので」

不知火が制する。

「ハム太郎、いいからお前の話を続けろ」

「あ、はい。だからその……きのう吾妻さんは、そのドローンについて、『流行していると聞いたから買った』と言いましたよね？」

「うん？　まあ、そんなところだ」

吾妻は質問の意図が摑めないまま返す。

「そのあとに、『ダラニ印刷の担当者と平城宮跡で飛ばして遊んでいた』とも言いましたよね？」

「ああ、それがどうした？」

「その時一緒に遊んだダラニ印刷の担当者って、益谷美空さんとは別の人ですよね？」

柔井はドローンのほうを見つめたまま尋ねる。不知火は動じることなく少し目を大きくさせた。吾妻は平然とした顔でうなずいた。

「ああ……益谷君ではないな。彼女はこんな物に興味はないだろう」

「ぼ、ぼくもそう思います。では誰ですか？」

「だから、その前任者だ。益谷君から聞いているだろ、小橋隼人《こばしはやと》って奴だ」

「小橋隼人……」

不知火は口の中でつぶやく。初めて耳にした名前だった。

「病欠とかいう理由で担当が代わったんだ。益谷君はまあ、ああいう子だ。何も分かっていない。いまも仕事については小橋君に確認を取っているだろう」

「あ、あと一つだけ教えてください」

そこでようやく、柔井は吾妻の顔を見た。

「……小橋隼人さんって、『大仏さま』ですか？」

「大仏さま？　ああ……」

吾妻は即座に気づいて苦笑いを見せた。

「そうだな。初めて会った時わたしもそう思ったよ。きみは知っていたのか？」

「いえ、知りませんでしたけど……分かりました。ありがとうございました」

柔井は会釈して不知火を見た。

「あ、彩音先生。聞きたいことはこれだけです。もういいです」

「本当にこれで分かったのか？」

不知火はあえて結論だけを小声で尋ねる。柔井はかくかくと首を動かした。

「はぁ、多分……」

「多分？」

「い、いえ。しっかりと分かりました。はい」

「何が分かったんだよ」

「だから、その……」

柔井は片手を頭の後ろに置いて、謝るように言う。

「事件の謎が完全に解けました。ごめんなさい……」

一八

柔井の話が終わるなり、今度は不知火が口を開く。

「吾妻さん、柔井の質問にご回答いただきありがとうございました。それでは話を戻して、横瀬典之さんの作品についてご説明したいと思います」

「ああ、その話だったな。何か情報を手に入れたのか？」

吾妻は関心を寄せて尋ねる。歩夢も興味深そうな目を向けていた。不知火は顔の前で右手の人差し指を上に向ける。

「それにあたりまして、一つ、わたしの希望を聞いていただけますでしょうか？」

「希望？　わたしにできることなら」

「イベントに出展する作品を、吾妻さんの『大仏の足』ではなく、横瀬典之さんの『立って歩く大仏』に変更してください」

「なんだって？」

　吾妻は大声を上げたあとに絶句する。その声があまりに大きかったので、他の製作スペースの者たちも手を止めてこちらを振り向いた。

「いや……不知火君、いくらなんでもそれは無茶だ。理由はきのうわたしが説明したはずだ。予算もなく工期も短すぎる」

「どうなんだハム太郎。無茶な話なのか？」

　不知火は柔井に尋ねる。彼は急に話を振られて狼狽した。

「ええ？　いや、ぼくはロボットのことはさっぱり分からなくて……」

「誰がてめぇに作れって言った。典之さんは実現不可能な計画を立てていたのかって聞いてんだよ」

「あ、それはもちろん、作る気だったと思います」

　ロボットのことは分からないはずの柔井が即答する。

「横瀬典之さんは、一八〇〇万円の予算と八月までの工期で、確実に『立って歩く大仏さま』を作るつもりでした。でもそれを信じていない人がいたから、その、殺されてしまいました」

「何？　殺された？」

　吾妻が驚いて目を見開く。

「柔井さん、その理由って本当ですか？　お父さんは誰に殺されたんですか？」

　歩夢が柔井の腕を両手で摑んで尋ねる。

「歩夢さん、その話はのちほどさせていただきます」

　不知火が柔井に代わって口を開く。

「いかがですか、吾妻さん。『大仏の足』は無駄になってしまいますが、作ってみる気はありませんか？」

「しかし、それは益谷君にも相談してみないと……」

「それはわたしがお引き受けします。ああいう子の扱いには慣れていますので。ただし予算は元の一四〇〇万円しか出ないと思いますが」

「あ、彩音先生、それに四〇〇万円を追加できるかもしれません」

　歩夢に腕を摑まれたままの柔井が言う。

「あのお金も、横瀬典之さんには渡っていないと思いますから」

「え、そうなんですか？　いったいどういうことなんですか？」

　歩夢は混乱した表情を見せる。不知火は彼女のほうを向くと、柔井を摑んでいた手をそっと外した。

「歩夢さん。わたしたちが調査したところによりますと、お父さまは決して自分勝手で冷たい方ではなかったと思います。真面目で、ひたむきで、家族を愛していたに違いありません。ただそれを外に表現することが苦手で、さらに物作りの才能に溢れる方だったので、内向的な変わり者のように見られていたのだと思います」

「はい……わたしもそう思えるようになってきました」

歩夢は確信に満ちた表情でうなずく。調査を通じて彼女もまた、亡き父親への理解を深めていた。不知火もうなずき返してから吾妻のほうを向き直した。

「吾妻さん、三たびお願いします。横瀬典之さんの計画を実現してはいただけませんか？」

「お願いします、吾妻さん。わたしもお手伝いしますから」

歩夢は深く頭を下げて頼み込む。吾妻は右手で赤髪を撫でつけて不知火を見た。

「いまからでも間に合うと言うのなら変更しても構わない。きのう話したが、わたしは横瀬博士を尊敬しているんだ。博士の仕事を受け継げるなら、多少は予算がオーバーしても取り組む価値はあるだろう」

「ありがとうございます。吾妻さんならそう言ってくださると思いました」

「しかし、横瀬博士の計画が分からなければ作ることはできない。きみは先ほど、情報はほとんど得られなかったと言っていただろう。書類も全てなくなったというのに、どうするつもりだ？」

「書類に関しては全て保存しておりますので心配ありません。一本のペンと、できるだけ多くの紙をご用意いただけますか？」

不知火は自信ありげに伝える。吾妻は理解できない表情のまま、それでも頼まれるまま近くの従業員に伝えてペンとコピー用紙の束を取りに行かせた。歩夢も不思議そうに首をひねる。きのう、不知火が書類を持ち帰った様子はなかった。やがて製作スペースの床に業務用コピー用紙の束が積み上げられた。

「ハム太郎、出番だぞ」

「え？　何がですか？」

柔井は顔を上げて戸惑う。不知火はその手にボールペンを無理矢理握らせた。

「典之さんが計画していたことを書くんだよ」

「い、いや、ぼくにも何が何だか分かりません」

「誰がお前に考えろって言った。きのう典之さんの仕事部屋で調査した書類の内容を全部書けって言ってんだよ」

「ええ？」

歩夢が思わず声を上げる。放火される前、仕事部屋の南側には横瀬典之による膨大なメモ書きが残されていた。彼女もそこから父親の仕事を調べようとしたが、落書きのような言葉や計算式の難解さ、圧倒的な物量に断念してしまった。

「パソコンのデータが残っていれば良かったのですが、副次的な書類の山しか調査できませんでした。しかし、同じ技術者の吾妻さんなら横瀬典之さんの作業もそこから推測できるのではないでしょうか」

不知火は説明する。柔井は床に座り込むと流れるような速度で白い紙に文字を書き連ねていった。吾妻は腰を屈《かが》めて彼の作業を覗き込む。

「これは……柔井君といったな。きみも、我々と同じ技術者なのか？」

「吾妻さん、彼はただの探偵です」

不知火が柔井に代わって答える。

「ですから、自分で何を書いているのかもまったく理解していません。目にしたままの内容を写しているだけです」

柔井はまるで絵を描くようにペンを動かしている。彼が理解していない証拠に、複雑な計算式を右から左へと逆順に書き進めていた。吾妻も床に腰を下ろすと、柔井の手から出力されるメモ書きを真剣な目で見つめる。やがて「なるほど。そういうことか、博士」と低い声で納得したようにつぶやいた。

「柔井さんって、どういう人なんですか……」

異様な作業を目撃しつつ、歩夢は不知火に尋ねる。

「あいつは、ただの臆病者です」

「臆病者？」

「恐怖とは未知なるものに対して抱くもので、安心とは理解の上で得られるものです。世の中のあらゆる物事を恐れている彼は、誰よりも周囲の物事を観察して、記憶して、理解しておかないと不安で仕方がないんですよ」

不知火は歩夢に向かってシニカルな笑みを浮かべた。

「要するに、ただのへたれってことです」

一九

それから二週間後の八月一日。奈良市の中心にある平城宮跡では、市が主催するイベント『平城京なつまつり』が予定通り開催されていた。青空に入道雲が盛り上がる真夏の最中、大極殿の前庭では雅楽の演奏や舞踊の披露、いにしえの祭事の再現などが行われた。また西側の敷地では郷土品の展示と販売を行う市《いち》が開かれ、特産品を使った露店が軒を連ねていた。初日のきょうは平日ともあって、来場者は午前中こそ少なかったものの、午後になると賑わうようになり、仕事終わりの夕方からはさらに大勢が詰めかけるようになった。それというのも、前もって駅のポスターや雑誌広告やテレビの宣伝を使い、今回は特に夜間限定の出し物を強く訴えていたことで注目を集めていたからでもあった。

晴れた夜空に滲むような弦月が浮かぶ午後七時半。駐車場を出た一人の男が人極殿の南門先にある広大な敷地を目指して歩いていた。昼間はうだるような暑さだったが、日が落ちると気温は下がり、吹く風に涼しさを感じることもある。同じように歩道を進む多くの来場者は普段よりも声高に会話を交わしつつ、男の脇を抜けて通り過ぎて行った。

男は闇に紛れるような黒いTシャツに汗を滲ませて、水牛のようにゆっくりと一歩一歩進んでいる。足取りが重いのは身体的な負担も大きいが、先へ行くことを精神的に拒んでいるせいでもあった。七月以降、男はほとんど外へ出ずに自宅で静かに過ごしていた。最初の数日間は痛みで眠れない日々が続いていたが、やがて落ち着きを取り戻すと、早めの夏休みを取ったように気楽な長期休暇を送っていた。

しかし、きょうのイベントが近づくにつれて、次第に得体の知れない不安と焦燥を感じるようになった。会社からの電話は取る気になれず、受信するメールすらも読む気になれない。

イベントを告知するテレビコマーシャルや、駅に貼られたポスターからも目を逸らす有様だった。何を恐れているのか、男自身も理解できない。ただ、何に起因しているのかは分かっていた。恐れる必要などないというのに、体の震えが止まらない。それが罪悪感によるものとは思いたくなかった。

目的地へと近づくにつれて、照明が灯された歩道を外れて芝生の地面へと進んでゆく。辺りは途端に暗さを増して、もう足下すら満足に見えなくなっていた。体が拒否していても、行かないわけにはいかない。リハビリ休暇を取っているとはいえ、会社が運営する一大イベントの初日に顔すら出さないのは立場上良くない。さらに、このおかしな恐怖心を振り払うためにも来なければならなかった。頭頂から溢れる汗が頬を伝い、顎から滴下する。恐れることなど何もない。ふらりと立ち寄ったふりをして、頼りない運営担当者を励まして帰ればいい。それでおれの役目は終わるのだ。のしのしと歩くうちに、やがて黒い地面の先がほのかな明かりに照らされる。男は足を止めると、何気ない風を装って顔を上げた。

目の前には、大極殿を隠すようにそびえ立つ大仏の姿があった。

「そんな……」

男の口から思わず声が漏れる。目に映るものがまるで信じられなかった。

奈良の大仏が、襞《ひだ》のついた薄衣に隠れた足を伸ばして立っている。ふくよかな姿はそのまに、八方から照らされて青銅色に輝いていた。やがて大仏はわずかに体をひねると、ゆっくりとした動作で足を動かして歩み出す。敷地が限られているのでさほど進めないだろうが、間違いなく大仏は立って歩いていた。

人間の驚きと感動は、常識を覆された時にこそ最も強くもたらされる。大仏が歩く姿を呆然と見上げていた来場者は、次第に地響きのような歓声を上げるようになり、やがて万雷の拍手へと変わっていった。一三〇〇年間、座り続けていた仏像の立ち姿に人々が抱いたのは、思いがけないほど素直な畏敬の念だった。

「大仏が歩いている……」

しかし男が受けた衝撃だけは他の者たちとは異なっていた。蒸し暑かったはずなのに気温は急激に低下し、流れる汗に寒気を抱く。棒立ちの足がぐらぐらと揺れるような感覚を覚えた。

「そんなバカな。いったいどうやって作ったんだ？　あの工期と予算で、できるはずがない」

まるで魔法をかけられたかのような光景に頭が混乱する。不可能なものが実現している。

しかもそれは、自分が潰したはずの可能性だった。顔面が硬直し、開いた目が閉じられない。細く開いた巨大な目が、闇夜に紛れる自分をじっと見下ろしていた。悟りを開いた仏の慧眼は、見る者の心の内を映す鏡となる。善人には慈愛をたたえた穏やかな目差しに見え、悪人には隠した罪を見透かす冷酷な視線に見えた。

「知らない、おれは何も知らないぞ。そんな話は聞いていない。益谷からも……」

「益谷美空さんにはお伝えしないようにお願いしておきました」

突然、背後から女の声が聞こえて男は肩を持ち上げる。いつの間にか、誰かが後ろに立っていた。ゆっくりと足を反転させて声のほうを向く。腰をひねって振り返ることはできなかった。

「誰だ、あんたは……」

男は震える声で尋ねる。そこにいたのは意外にも若い女。しかも町で見かけたら写真のモデルにスカウトしたくなるような美人だった。またその後ろには彼女とは別に若い男女が一人ずつ立っていた。

「お初にお目にかかります。フロイト総研、探偵助手の不知火です」

「フロイト総研……」

男はすぐに気づいて息を呑《の》む。聞き覚えのある名前だった。

「こっちは探偵の柔井です。そしてこちらの方はご存じでしょうか？　横瀬歩夢さんです」

「横瀬さんの……」

男はもう言葉が続かない。会ったことはないが苗字でおよその察しはついた。不知火は自身の背後に向かって声をかける。

「おいハム太郎、この人で間違いないんだな」

柔井は背後霊のように陰鬱な顔でうなずいた。

「そ、そうです。この人が横瀬典之さんを殺害して、そのあとに自宅に放火した、ダラニ印刷の小橋隼人さんです」

二〇

眩しく照らされたメイン会場から外れた暗がりに四人の男女が立っている。他の来場者は動く大仏の姿に目を奪われて、こちらには気づきもしなかった。男、小橋隼人は深く溜息をついて不知火を見る。大仏に背を向けたその顔にはこれまでの怯《おび》えの色はなく、眉間に皺を寄せた目には反抗的な光が宿っていた。

「ど、どうして、おれが小橋だと分かった。益谷から聞いたのか？」

「それを突き止めるのが探偵の仕事ですから。小橋さんは目立つ方なので、この会場でもすぐに見つけることができました」

不知火は造作もないことのように返す。背後の歩夢が彼女に身を寄せた。

「や、柔井さんが言った通り、本当に大仏さんみたいですね……」

小橋隼人は短髪で目が細く、頬が膨らんだ丸顔をした三九歳の男である。しかしそんな特徴よりもまず目を引くのが、その体の大きさだった。身長一九四センチ、体重一五八キロの巨体は隠し切れない存在感を示している。長身と肥満体形は力士と見紛うばかりだが、鍛えていないせいかバランスが悪く、不健康そうに見えた。小橋は顎をしゃくって背後の大仏を示す。

「あれも、あんたらがやったのか？」

「作ったのは吾妻西次さんです。いまは現場監督として大仏の足下で装置を操作しています。誰が計画を立てたのかはご存じですね？　横瀬典之さんです」

「いったいどういうことだ？　あんな物どうやって作ったんだ？　工期もそうだが、どこからそんな金が出てきたんだ？」

「製作費は最初に小橋さんが提示された金額内に収まりました。これじゃただ働きだと吾妻さんは嘆いていましたけど」

「嘘をつくな。おれだってイベントの企画屋だ。どう頑張ったって一八〇〇万円程度で巨大ロボットなんて作れるわけがない」

「あれはロボットではありません。バルーンです」

不知火は口角を持ち上げて笑顔を見せる。小橋は驚いて大仏のほうを振り返った。

「痛っ」

その直後、小橋は顔をしかめて、ひねった腰を押さえる。歯を食い縛りつつ大仏を睨んだ。

「あれが、バルーンだと……」

「高さ二五メートルのバルーン人形に、コンピューター・グラフィックスで作った大仏の動画を投影させています」

「立って歩く大仏は、ロボットじゃなくて映像だったのか……」

小橋は震えた声でつぶやく。バルーンには熱気球と同じ丈夫な素材が用いられており、本物の大仏と同じような薄い青銅色に染められている。そのスクリーンに向けて正面と内部の両面から、プロジェクターから出力された動画を投影させていた。そのためバルーン自体は黒く着色したワイヤーにより地面に固定されており、一歩も動くことはできない。その場で足踏みを繰り返す動画により、実際に歩いているように見せかけているだけだ。しかし暗い夏の夜には人の目も容易に惑わされる。圧倒的に巨大でインパクトの強い姿は、観客の心を強く惹き付け、驚きと感動を湧き上がらせて、大きな満足感を与えるものとなっていた。

「横瀬典之さんの仕事部屋には、流体工学に関する本と、発光ダイオードに関する資料がありました。巨大なバルーン人形を維持する仕組みと、そこに映像を投影させるLED装置の開発に関心を持っていたことが分かります。吾妻西次さんの話によると、プロジェクターの照射と映像処理の仕組みに横瀬典之さんが開発した特殊な技術が用いられているそうです」

横瀬典之は決して無謀な技術者ではなかった。そしてミニチュアや足だけを作るといった妥協に甘んじる男でもなかった。彼は限られた工期と予算の中で実現するために、展示を夜間に限定してバルーンと動画を用いる方法を選んだ。それが『大仏を立って歩かせる』という遺言の真実だった。

小橋はしばらく微動だにしなかったが、やがて溜息をつくと大袈裟に手を打ち鳴らす。振り向いたその顔には満面の笑みをたたえていた。

「いやぁ、驚いたよ。素晴らしい！　まさかこんな方法で作るとは、おれも想像していなかった。横瀬さんのご遺志を吾妻さんが受け継いでくれたんだな。益谷にそんな手配はできないから、きみたちが取り計らってくれたんだろ？　ありがとう！　運営者を代表して礼を言うよ！」

「もちろん、小橋さんのためにやったわけではありませんよ」

不知火は冷めた口調で返す。側では歩夢が強く唇を結んで小橋を睨んでいた。

「古臭く言えば、あなたに殺されて家に放火された横瀬典之さんの無念を晴らすためです。現実的に言えば、できっこないと思っていたあなたの、自己弁護による逃げ道を塞ぐためです」

「あんたは……」

「正直に言えば、うちの調査の邪魔をして、ただで済むと思うなよってことです」

小橋の表情から再び笑みが消える。無表情になると途端に巨体から威圧感が漂った。

「あんたなぁ、さっきから殺したとか放火したとか、何言ってんだよ」

「あんた、ではなく、不知火です」

「探偵だかなんだか知らないが、勝手なことを言うなよ。なんで事故死した横瀬さんをおれが殺したことになっているんだよ」

「あれは事故死に見せかけた殺人でした」

「やめろ！　そこにいるのは横瀬さんの娘なんだろ？　誤解されるだろうが」

「誤解ではなく事実です」

「警察が事故死と認めているんだ！」

「そうなんですか？　葬儀にも参列せず電報一本で済ませた割には詳しいんですね」

「……新聞で見たんだよ。だいたい、言いたいことがあるなら警察に言えばいいだろうが」

「なんで警察に言わなきゃならないんですか。わたしは小橋さんに言っているんですよ」

「おいっ！」

小橋は不知火に摑みかかろうと腕を伸ばす。しかし不知火はまったく動じることなくその場に留まっていた。グローブのような分厚い手は、彼女の肩の寸前で静止した。

「……なるほど、お前の言う通りだな、ハム太郎」

「あ、はい。その距離を保っている限り、小橋さんは届きません」

不知火の背後で柔井がつぶやく。小橋は腕を目一杯まで伸ばしているが、ぎりぎりで不知火の体に触れることができない。なぜなら足も腰もまったく動かしていないので、それ以上動けないからだ。ようやく半歩だけ足を前に進めたが、その時にはもう不知火も一歩だけ後退していた。

「……証拠はあんのかよ。おれが何かをしたって証拠は」

「殺害と放火をお認めになりますか？」

「バカ野郎！　あんたらが横瀬さんの娘におかしな話をしているみたいだから、誤解がないように聞いてんだよ！」

「ハム太郎、出番だぞ」

「え、ぼくが話すんですか？」

柔井が意外といった風に声を上げる。不知火は軽く首をひねって背後を見た。

「てめぇ以外に誰がいるんだよ。こいつがこれ以上言い訳できないように、ちゃんと説明してやれ」

「で、でも……」

「さっさと来い。ビビって話せないって言うのなら、鬼の面を被せて大仏に踏み潰させるぞ」

不知火は無表情で言い放つ。柔井は慌てて彼女の背後から離れた。

二

「ええと……ぼくたちは最初、横瀬歩夢さんからの依頼を受けて調査を始めました」

柔井は自身の足下を見つめながら早口で話し始める。小橋は山のような体をその場に留めて押し黙っていた。横瀬歩夢の前で逃げるわけにもいかず、荒っぽい行為も見せられない。また口を出しても手を出しても不知火には通用しなかった。しかもどうやら、自分の体の不調まで知られているようだ。それで結局、身動きが取れなくなっていた。

「歩夢さんの依頼内容は、横瀬典之さんが遺した『おれは大仏さんを立って歩かせるぞ』という言葉の意味でした。それについては小橋さんも知っての通りです。典之さんはダラニ印刷さんから依頼を受けて、この会場で立って歩く大仏さまを製作するつもりだったのです。ぼくたちは調査によってそれを突き止めて、依頼を解決できました。

でもその翌日の未明に典之さんの家が放火されてしまいました。それは放火犯がぼくたちの調査を勘違いして、典之さんの事故死に関する真実を隠蔽しようとしたからです。その真実とはつまり、典之さんは事故死ではなく殺害されたということです。さらに仕事部屋からドローンがなくなっていたことで、ぼくには殺害の方法も分かりました」

「なんでそれが、おれの仕業になるんだよ」

やおら小橋が口を開く。動いていないがその太い声だけで柔井は思わず身を反らせた。

「柔井さん！」

歩夢が逃げ腰になった柔井の手を摑む。

「教えてください。どうしてこの人がお父さんを殺した犯人だと分かったんですか？」

「それは……だって小橋さんが犯人でしかあり得ないからです」

柔井は歩夢の手をやんわりと解くと鞄《かばん》から競輪新聞を取り出して話を始めた。

「ダラニ印刷の益谷さんの話によると、典之さんは作品製作の依頼を引き受けたあとに、四〇〇万円の製作費を前借りしていました。でも典之さんの仕事部屋を見たところ、特にお金を払って作ったような作品は見当たりませんでした。それに歩夢さんの話を聞く限りでは、典之さんは当面の生活費に困っていた様子もありませんでした。

ただ一つ、典之さんがメモ書きに使っていた、この競輪新聞が気になりました。そこに書き込まれていた勝敗予想は全て外れていました。だから実際にお金を賭けていたら大損していたはずです。

だから、これが原因で典之さんは急に金欠になっていたのかと思いました。でも、歩夢さんの話によると、典之さんは競輪の勝敗予想がとても得意だったそうです。そんな人が、製作費を前借りしなければならないほど損をしたというのも不思議でした。

そこで思い出したのが、益谷さんがどこか頼りなくて、他人事のような口調であったことです。典之さんから色々と迷惑を被っているはずなのに怒る様子もなく、まるで気にしていないというか、誰かに話を聞いただけのような印象がありました。

さらに吾妻さんの話によると、ダラニ印刷の担当者と平城宮跡で一緒にドローンを飛ばして遊んでいたそうですが、益谷さんがそんなことで楽しむ人とは思えませんでした。

それで吾妻さんにあらためて尋ねたところ、やっぱりドローンで遊んでいたのは益谷さんではなく、前任者の小橋さんだと分かりました。そうすると、益谷さんが話した内容は、全て小橋さんから聞いた話に違いありません。作品製作の依頼先を典之さんから吾妻さんへと変更したのも小橋さんです。なぜ変更したのかというと、典之さんが提案した大仏さまのロボットが実現不可能だと思ったからです。

でも、それだけじゃなかったんです。小橋さんにはもっと切実な事情がありました。それは彼がお金に困って作品製作費の一部を横領してしまったことです。その理由が、競輪です。この競輪新聞の勝敗予想は小橋さんが書いたものだったんです。お金を賭けて大損したのは典之さんじゃなくて小橋さんでした。それで四〇〇万円を典之さんが前借りしたという形にして、自分のポケットに入れてしまいました。だから、明るみに出る前に殺さなければならなくなったんです」

「本当ですか？」

歩夢は驚いて小橋を見る。彼はむっつりと口を閉じたまま柔井を睨みつけていた。体が小刻みに震えているのは、怒りによるものか、怯えによるものかは分からない。ようやく口を開いた瞬間、不知火が先に声を上げた。

「おいハム太郎、犯行の動機は分かったけど、どうやって典之さんを殺害したんだよ」

不知火の言葉を聞いて小橋は再び口を噤む。言おうとしたことを完全に代弁されたからだ。

「事故当時、あの家の玄関は鍵がかかっていたと聞いたぞ。他の方法を使って侵入したとしても警察が見逃すはずがない」

「はい。小橋さんは家には入っていません。家の外から典之さんを殺害しました。そのためにドローンを使ったんです」

柔井は不知火に向かって答える。彼女は顎をしゃくって自分ではなく小橋に言えと示した。

「こ、小橋さんは、吾妻さんと遊んで使い慣れていたドローンと同じ物を買い直して、それを犯行に使用しました。場所は典之さんの仕事部屋の外、例の塀との隙間です。そこにあった床下換気口からドローンを入れて、仕事部屋の北側の床に空いていた穴から侵入させました。競輪新聞が落ちていたところを見ても、小橋さんは以前から典之さんの仕事部屋を訪問して内部の状況を知っていました。

ドローンにはカメラが付いているので、コントローラーに搭載したタブレット端末から部屋の状況が確認できます。犯行時は台風のせいで強風と大雨に見舞われていたので、きっと薄い壁に囲まれた部屋もうるさくてドローンのプロペラ音も聞こえなかったと思います。そして南側の机に向かっている典之さんを確認すると、スチール棚に向かって反対側から機体をぶつけて棚を倒しました。

ただその際に、操作していたドローン自体も事故に巻き込まれて回収できなくなってしまいました。でもあの部屋には色んな品物が転がっていたのであまり目立ちませんでした。だから部屋にあったのはドローンの本体のみで、コントローラーは見つかりませんでした。そして後日、放火するために部屋へと侵入した際に、犯行の発覚を恐れて持ち帰りました」

柔井は上目遣いで小橋に話す。彼は激しく顔を震わせて、口を開け閉めして言葉に詰まっていた。

「もう何も言うな。全部見破られているんだよ」

不知火は軽蔑するような目を向ける。だがそれをきっかけに小橋は声を漏らした。

「しょ、証拠はあるのかよ！　絶対に、おれがやったって証拠は！」

「あ、はい。あります。ごめんなさい……」

柔井はなぜか申し訳なさそうに謝った。

「横瀬さんの家の外、仕事場の側の地面に跡が残っていました。五〇センチ四方の物が二種類、縦に並んでいたような跡でした。地面のへこみ具合から重さは六〇キロから八〇キロくらいはありました。それが証拠です」

「それって、結局なんだったんですか？　大仏さんの足跡でないのは分かりましたけど、まさかこの人の足跡じゃないですよね？」

歩夢が隣から尋ねる。いくら小橋が大柄でもそこまで巨大な足は持っていない。

「足跡じゃなくて、体の跡です。小橋さんは両足の膝から先と、両腕の肘から先を地面に突いて、ちょうど赤ちゃんが這うようにしてその場から立ち去ったんです」

「なんですか、それ。大雨が降っていたのに？」

「多分、ギックリ腰になったんだと思います」

柔井はちらりと小橋を窺う。彼は驚愕の表情を浮かべていた。

「仕事部屋の床下換気口へドローンを入れる際、小橋さんは身を屈めて作業を行いました。でもその大きな体では塀との隙間にしゃがむことは困難です。また地面は雨で泥だらけになっていたので、寝そべると服が汚れてしまいます。それで下半身を踏ん張って、前屈するように腰を曲げて換気口を覗き込みました」

柔井はお辞儀をするように上半身を倒す。かなり体が硬いらしく、指先は膝の下あたりまでしか伸ばせなかった。

「……こ、このように無理な体勢なので、ぼくも調査している時に腰が痛くなりました。小橋さんだともっと腰への負担が大きいはずです。それで急性腰痛症、いわゆるギックリ腰になりました。多分典之さんを殺害したあとに起きたと思います。なぜなら腰を伸ばせなくなるほどの激痛に襲われたからです。すぐにこの場から立ち去らなければいけないのに、痛みで体が動かなくなりました。もちろん救急車を呼ぶわけにもいきません。それでなんとか、這って庭から立ち去るしかなかったんです。あの地面に付いた不思議な跡は、その時に付きました。それでぼくは、典之さんを殺害した犯人は、体の大きな人だと分かりました」

柔井はそう言い終えて口を閉じる。小橋からの反論は一切なかった。

二二

会話がなくなった四人の間に一陣の風が吹き抜ける。イベントは終わりに近づき、遠くの歩道では帰路につく来場者の混雑が始まっていた。

「どうするんだ？　小橋」

不知火はその場に立ち尽くす小橋に向かって尋ねる。ぼんやりと気の抜けたような顔を夜空に向けて、視線を宙にさまよわせていた。

「おれを、警察に突き出すつもりか……」

「甘ったれんな。なんでわたしらがそんな面倒なことをしなきゃなんないんだよ」

「……違うんだ」

「言い訳があるなら一人で警察に行って喋ってこいよ」

「そうじゃないんだ。だいたい、横瀬さんがいけなかったんだよ！」

小橋は眉を寄せて懇願するような目で訴える。

「立って歩く大仏なんて無茶な計画を立てて、それから一切何も提出して来なかったんだ。企画書もなければスケジュールもない。ネットで大仏のサイズを調べたきりだった。工期や予算をおれが聞いても、心配するなとか、任せておけとか言うだけ。そんな人を相手にまともな仕事なんてできるわけないだろ！」

「だから殺したって言うのか？」

「い、いや、違う。おれは横瀬さんに騙されたんだ！　あの競輪新聞の勝敗予想だ。そこの奴はおれが書いたと決めつけていたが、あれは横瀬さんが書いたものだ。本当だ。おれはそれを見せられただけだ！」

　小橋は柔井を指差して言う。彼は再び後ずさりした。

「横瀬さんが予想して、おれに買えと言ったんだ。あの人が強いのは知っていたし、おれは近ごろ負けが込んでいたから、一発大勝負に出たんだ。そしたら惨敗だった！　何一つ当たらなかった！　お陰でおれは一文なしだ。なのにあいつは謝りもせずに笑っていやがったんだぞ！」

「それで仕方なく会社の金を横領して、明るみに出るとまずいから典之さんを殺したのか？」

「ど、どうせ横瀬さんに支払われる金だったんだ。だからおれは、横瀬さんに、弁償してもらったようなもんだ。あいつは仕事もせずにおれを貶《おとし》めたんだ。それにもう、代わりの吾妻さんに製作を任せないと間に合わないタイミングだったんだ」

小橋は時折言葉を詰まらせつつ、両手を振りながら説明する。歩夢は閉じた唇を震わせて彼を睨んでいた。不知火は無表情のまま一歩ずつ彼に近づく。柔井は危険を察知して手を伸ばしたが届かなかった。小橋はさらに話し続ける。

「なんで……なんでいまさらこんなことになるんだよ！　横瀬さんは事故死で確定したし、イベントの段取りも順調だったんだ。探偵だかなんだか知らないけど、あんたらが出て来なければ全部丸く収まっていたんだ。だいたい、あんたらの調査とも関係なかったじゃないか。畜生、こんなことってあるかよ……」

「小橋ぃ！」

不知火はいきなり右足を高く振り上げる。バレエのように弧を描き、爪先が小橋の顎をかすめて通り抜けた。彼は思わず体を反らすが持ちこたえられずにその場で尻餅を突く。があっと、腰に響く痛みに声を上げた。

「いつまでダラダラと言い訳してんだよ。全部てめぇが悪いんじゃねぇか」

不知火は高々と足を上げたまま言う。小橋は痛みと恐怖に怯えた顔で見上げていた。歩夢は背後で唖然としており、さらに後ろで柔井がなぜか耳を塞いで震えていた。

「ギャンブルの失敗を人のせいにしてんじゃねぇよ。賭けたのも負けたのも損したのも自己責任に決まってんだよ」

「で、でもあれは横瀬さんが……」

「てめぇ、典之さんのことを全然信じていないんだな。いいか、あの人はギャンブルの達人なんだぞ。娘に向かって、勝ち過ぎるからつまらないってぼやくほどの才能があったんだ。そんな人が、勝敗予想を全て外したんだぞ。何一つ、かすりもしなかったんだぞ。お前にできるか？　相手に疑われずに、全敗させる予想が立てられるか？」

「そんな、じゃあ、あれは……」

「お前を負けさせるために教えたんだよ。ギャンブル依存症の奴に、もう止めろと口で言っても聞くわけがない。遠い山奥にでも隔離するか、別の対象に代替依存させるか、立ち直れないくらいに大損させるかしかないんだよ。典之さんはお前に競輪を止めさせるために、わざと負ける予想を立てたんだ。それで逆恨みされてもいいと思ったんだよ。ああ、もしかすると、イベントの製作費が入金されたら払ってやるつもりだったんじゃないか？　前借りじゃなくて後払いだ。典之さんの性格ならそれくらいやるだろ」

　不知火はそう言うと上げた右足を高速で振り下ろす。今度は小橋の鼻に当たる寸前を通り抜けた。

「おい小橋、そんな人に対して、お前は何をしたんだ？　自分のギャンブル下手を思い知らせてくれた人に。立って歩く大仏っていうとてつもない作品を、工期も予算も超えずに作ってくれた人に。そんな人に向かって、お前は何を言い訳するんだ？」

「おれは……」

「はっきり言えよ！　警察や探偵が関係あるか！　歩夢さんの父親が死んだのは誰のせいだ！」

不知火は小橋に向かって言い放つ。彼は地面に手を突くと、這うようにして歩夢の足下にまで移動した。巨大な亀のような姿で顔を上げると、歩夢は潤んだ目差しを向けていた。彼はたまらず地面に額を打ち付けた。

「すまない！　申し訳ない！　おれは、おれは横瀬さんを、あなたのお父さんを殺してしまった。ずっと後悔していたんだ。そんなつもりはなかったんだ……いや、そうじゃない。おれが全部悪いんだ！　本当に、すみませんでした……」

小橋は地面に向かって叫び続ける。弁解の言葉が出るたびに、頭を振って額を地面に擦りつけていた。歩夢は何も言わずに、ただ涙を流して肩を震わせる。不知火は彼女の背に軽く手をあてて振り返った。

「おいハム太郎！　会場の外にパトカーを呼んでおけ。今度は警察の不手際を責めに行くぞ」

命令された柔井は、はいと答えてその場から駆け出す。不知火は舌打ちをすると、提げていたバッグからスマートフォンを取り出して、彼の後頭部に目がけて力一杯投げ付けた。

二三

小橋隼人はその後、平城宮跡に現れた警察に犯行を全て告白した。横瀬典之の殺害と家屋への放火を認めて、早まったことをしてしまったと泣きながら語っていた。警察ではそれを受けて事件の再捜査が始まったが、それと同時に横瀬典之の死を事故死と決めつけた先の判断についても大きな問題となり、そちらの検証も行われることとなった。なお事件は小橋の単独犯であり、勤務先のダラニ印刷や部下の益谷は一切関与していないことも明らかとなった。

ちなみに小橋が横領した四〇〇万円については、その大半が彼によって既にギャンブルと生活費に使われてしまっていたという。ダラニ印刷側は、彼を解雇処分にするとともに損害賠償は請求せず、『バルーン大仏』を製作した吾妻の会社に対しても実行予算の一八〇〇万円全額を支払うことで解決とした。

八月も後半に入ったある日、フロイト総研の事務所に歩夢が顔を出した。父親の四十九日法要を終えたという彼女の顔にはもう暗さはなく、落ち着いた表情に前向きな明るさを見せていた。不知火も笑顔で事務所へ迎え入れる。柔井だけはいつも通り、陰気な顔を見せたまま事務机のパソコンに向かっていた。

「不知火先生。今回の件については大変お世話になりました。お父さんの遺言の意味を調査してもらうだけだったのに、作品まで実現してもらって、事件まで解決してもらって、本当に感謝しています」

「立って歩く大仏を作ったのは吾妻さんですよ。わたしは何もしていませんし、柔井も見たままの内容を伝えただけです。事件を解決したのも、わたしたちのせいでご自宅に放火されてしまったことへのお詫びです。探偵なのに行動が目立ち過ぎていました。こんなことなら仕事部屋に柔井を突っ込んでおけば良かったと後悔しています」

「いえ、それはいいんです。わたしは、不知火先生が小橋を叱った言葉が、とても嬉しかったです」

「お構いなく。あんなのはただの憂さ晴らしですから」

不知火はそう返して笑う。歩夢も笑みを見せてうなずいた。

「歩夢さんの状況はいかがですか？　お父さまが亡くなられて、何か困ったことはありませんか？」

「はい、それは大丈夫です。離れていますけどお姉ちゃんたちもいますし、親戚の人からも色々と声をかけてもらっています。あ、それとわたし、先週から吾妻さんの会社へも行っているんです」

「吾妻さんのところへ？　まさか就職したんですか？」

「いえ、大学生なのでアルバイトです。『バルーン大仏』の製作をお手伝いしていた際に、興味があるなら来てもいいと誘っていただきました。まだお仕事はさせてもらえませんけど、色んな現場を見せてもらえて凄く勉強になります」

「ふぅん……ご自分で言うだけあって、大したビジネスマンですね。イベントの仕事もきっちりこなして、作品が評価されて注目も集めて、有望な新人もスカウトして。まったく、あの人だけが得をした事件でした」

不知火は呆れ顔で溜息をつく。同時に、背後の柔井がパソコンのモニタを見つめたまま大きく落胆の息を吐いた。

「よぉ、どうだハム太郎」

「はい……また、ダメでした」

「そうか、お前もこっちへ来い」

不知火に呼ばれて柔井はふらふらとした足取りでソファに腰を下ろした。

「や、柔井さんはどうされたんですか？　この間よりも暗い顔をしていますけど、また難事件に取りかかっているんですか？」

歩夢が心配して尋ねる。柔井はテーブルを見つめたまま首を振った。

「競輪で負けたんですよ。いままでパソコンでライブ中継を観ていたんです」

不知火は鼻で笑って説明する。

「今回の事件で競輪を覚えたので挑戦しているそうです。下の喫茶店のマスターに教えてもらって、何冊も本を読んで勉強しています。ちなみに結果は全戦全敗。的を絞って賭けているようですが、いままで一度も当てていないようです」

「ふ、不思議だ。どれだけ予想しても、まったく当たらない。ぼくはいったい何を間違えているんだろうか……」

柔井は机に向かってぶつぶつとつぶやいている。歩夢はやや驚いた顔を見せた。

「わたしには分かりませんけど、競輪ってやっぱり難しいものなんですか？」

「まあギャンブルなんてそんなものです。みんなが勝てたら成り立ちませんから」

「それはそうだと思いますけど。でも柔井さんは、なんだかお父さんに似ているから、きっと強いと思っていました」

「まさか。典之さんとはまったく違うでしょう」

「でも、観察力も記憶力も凄いじゃないですか。それに事件を推理できるなら、競輪の勝敗も予想できるんじゃないですか？」

「歩夢さん、ギャンブルで一番必要なのは何かご存じですか？」

「え、それは……なんですか？」

「自信と度胸です。これがなければ絶対に勝てません。典之さんは自らの能力にそれも兼ね備えていたからとても強かったんです。一方、小橋も柔井もそれが決定的に欠けている。特にこいつなんて、きっと負けると思って賭けているんだから、勝てるわけがないんですよ」

　不知火が苦笑いを見せて説明する。歩夢は納得した顔でうなずいた。柔井はうつむいた顔を不知火のほうに向ける。

「あ、彩音先生。じゃあ、ぼくはどうすれば自信と度胸がつくんでしょうか？」

「知るかバカ。てめぇは、それが欲しくて探偵になったんだろうが」

「ふ、不思議だ。それがどうして、こんなことになったんだろう……」

　柔井は両手で頭を抱えてテーブルに突っ伏した。

第二話　通天閣のビリケン暗号

【柔井公太郎の日記】

一〇月七日

今回の事件は、ぼくにとって大変困難な調査となりました。

それは、ぼくの体調がとても悪かったからです。

頭痛、貧血、関節痛、胸焼け、胃もたれ、肉体疲労。

その他、あらゆる症状に苦しめられました。

人間には、好調の時と不調の時があります。

探偵が常に絶好調で調査に取り組めるとは限りません。

特にぼくの場合は、不調になると何も手につかなくなってしまうのです。

そんな時に、一〇〇年も前に作られた変な像を探せという依頼を受けました。

『初代ビリケン像の在処《ありか》を示した暗号を解いて欲しい』

ぼくも暗号の解読なら、それほど苦手ではないと思います。

なぜなら、人に会わず、危ない目にも遭わず、机に向かっているだけで取り組める調査だからです。

また、それが犯罪行為のように隠蔽されたものでなければ、必ず解読できる方法が示されているはずだからです。

でも、今回はぼくの体調がそれどころではありませんでした。

せめて二、三日くらい、四、五日くらい静養してから調査を始めるべきでした。

人生八〇年。人間、無理は禁物です。

これからは体調を最優先にして、好調の時が来るのを待って、ゆとりをもって仕事に臨みたいと思います。


【不知火彩音先生よりひとこと】

一〇〇〇年待っても、てめぇの好調は来ねぇよ。

一

万博記念公園は大阪の北部、吹田《すいた》市のさらに北側に存在する広大な公園である。一九七〇年に開催された日本万国博覧会、通称『大阪万博』の会場跡地を整備して作られたもので、阪神甲子園球場の約六五倍、東京ドームなら約五五倍の広さに相当する約二六〇ヘクタールの敷地面積を有していた。公園の周辺は陸上競技場や野球場、サッカースタジアムなどが取り囲み、外周の道路沿いはサイクリングとジョギングのコースにもなっている。そして公園内には多くの広場とともに、民芸館や民族学博物館、野鳥の住む森林やボートの浮かぶ池、日本庭園や結婚式場として使われている迎賓館《げいひんかん》などが設けられていた。

休日ともなるとスポーツや散策、あるいはイベントを目当てに多くの人々が公園を訪れる。万博開催当時に建てられた賑やかな施設やパビリオンの多くは既に解体撤去され、いまは穏やかな森と水と草花に囲まれた公園へと姿を変えていた。それは大阪万博のテーマであった『人類の進歩と調和』の新しい形と呼べるものかもしれない。激動の高度成長期を経て辿り着いたエコロジカルな未来。シンボルタワーの『太陽の塔』だけは、いまも変わらず公園の正面に立ち続けていた。

いくらか温《ぬる》み始めたとはいえ、いまだ底冷えの残る三月末の深夜。万博公園内の色褪せた芝生に二つの影が動いていた。一方は長身で痩せており、皺の刻まれた禿頭で長い白髭を生やした老人。もう一方はそれよりも背が低く厚みのある体格で、短髪の角張った顔にやや不釣り合いな黒縁眼鏡をかけた中年の男だった。どちらも闇に紛れるような黒いスーツを身に着けている。閉園後の園内には二人の他に人の姿はない。月明かりの下にソメイヨシノの桜並木が続いていた。

「ぼつぼつ、咲き始めとるな、松岡《まつおか》」

老人は紫檀《したん》の杖を手に顔を上げて桜の枝を眺めている。嗄《しわが》れているがしっかりとした口調だった。

「来週には桜祭りが開催されるそうです」

松岡と呼ばれた中年男は低い声で簡潔に返す。しかしその目は桜のほうにも老人のほうにも向いていない。彼は先ほどからシャベルを手に芝生の地面を掘り続けていた。ざく、ざく、ざくと湿った土の音が辺りに響いている。側には銀色の鋼板で作られた立方体の箱、いわゆる被せ蓋の一斗缶が置かれていた。

「……もう少しかかりますので、車に戻っていてください。冷えてはお体に障ります」

「ええわ。花見しとるよ」

老人は短く返して桜の並木を眺める。松岡は無言でうなずくとさらに地面を掘り続けた。数十分後には幅三〇センチ、深さ五〇センチほどの大きな穴が目の前にできる。松岡は老人に確認を取ったあと、置いていた一斗缶を持ち上げて慎重に穴の中へと収めた。

「それにしても……ここまでする必要があるのでしょうか？」

「アホどもにはな、これくらいせなアカンのや」

老人は一斗缶の入った穴を覗いて満足げにうなずく。

「……せやけど、これは見つけられんやろ」

松岡は掘り返した土をその上に被せ始める。力強く手慣れた仕事ぶりだった。

「しかし、もし見つけたとしたら？」

「もし見つけたとしたら……そら、アホやなくてドアホやな」

老人はからからと笑う。松岡も苦笑いを漏らした。地面を埋め直したあとは、最初に剥がしておいた芝生を元通りに敷き直す。余った土は積み残さず辺りに振り撒いた。

「終わりました。おそらくこれで問題ないでしょう」

「さよか。ご苦労さん」

「桜祭りが始まればここも花見客で賑わいます。大勢の人間に踏み固められれば目立たなくなるでしょう。そのうち芝生も戻ります」

「分かった。遅くまで付き合わせて、すまんかったな」

「いえ」

「車の運転手だけやなく、公園に入る段取りを付けたり、穴掘りまでしてもろて、よう働いてくれた」

「何を仰いますか」

「松岡、きみの仕事もここまでや。ほんまに、長いことありがとさん」

　老人は柔和な笑みを浮かべて礼を告げる。松岡はふいに堪《こら》えるような顔つきになると、背筋を伸ばしてから深く頭を下げた。

「おれこそ、本当にお世話になりました」

「あとの始末だけよろしく頼むわ。あんじょうしもうて《きちんと片づけて》くれや。……わしが死んだらな」

「はい……」

　肩を震わせて涙声で応える。老人は筋張った大きな手を彼の肩に置いて労をねぎらった。

　色づき始めた桜並木が冷たい風に揺らいでいた。

二

それからおよそ半年後。残暑の続く九月二〇日の夜。奈良市三条通の探偵事務所『フロイト総合研究所』では、所長の柔井公太郎が一人で事務椅子に座り机に向かっていた。普段と変わらず暗い顔で、目の前に置いた安物の目覚まし時計を見つめている。時計はアナログ表示の丸形で、上部にベルが二つ付いたオーソドックスな物だった。時刻は午後七時五五分。探偵助手の不知火彩音から、依頼がない日でも午後八時までは事務所を開けておくように命令されている。業務時間を定めておくのは仕事の上でも心の上でもいいことらしい。それで残り時間をただ静かに待ち続けていた。

ふいに、事務所のドアをノックする音が響く。

「ごめんください。誰かいますか？」

続けてドアの向こうから若い男の声が聞こえた。柔井は先ほどとまったく変わらない表情で、じっと時計を見つめている。午後七時五七分、業務終了時刻の三分前だった。

「すみません。探偵の相談に来たのですが」

「返事がないですよ。もう帰ったんじゃないですか？」

さらに別の男の声が聞こえて、その後がちゃがちゃとドアノブをひねる音が続く。鍵がかかっているのでドアは開かなかった。

「二人、いや、三人かな……」

柔井は息をひそめてつぶやく。ドア向こうの息遣いと服の擦れる音から訪問者の人数を感じ取る。それと同時に、背筋に強烈な悪寒が走った。

「あれ？　なんだこれ……」

柔井は自分の身に起きた変化に戸惑う。顔は強張り、心臓の音が急に大きくなった。男たちはまだドアの向こうにいる。呼吸は激しくなり、胃に刺すような痛みを感じる。額には脂汗が浮かび、歯がかちかちと鳴った。どうしたのだろう。体の中の内臓や細胞が、ぞわぞわと一斉に騒ぎ出したように思えた。

その瞬間、目覚まし時計がけたたましい音を立ててベルを鳴らした。

「わぁ！」

柔井は慌てて両手で時計を摑んで音を止める。文字盤の針は午後八時ちょうどを指していた。きょうの仕事が終わった。そして思わず音を止めてしまったことの失敗に気がついた。

「……ごめんください。ちょっといいですか」

「あ、は、はぁい」

柔井は上擦った声で返事する。目覚まし時計を止めたせいで、外の者たちに自分の存在を完全に知られてしまった。おもむろに椅子から立ち上がるが、なぜか膝に力が入らない。バランスを崩しつつ足を動かして、鍵を外してわずかにドアを開けた。

「な、なんでしょうか……」

ドアの隙間から不安げな表情で覗く。二〇代から三〇代の若い男たちが三人見える。一番手前に立っている、縁なしの眼鏡をかけた白い顔の男が口を開いた。

「ああ、すみません。こちらはフロイト総研さんですよね？」

「ええ、まあ……そうだと思いますけど」

「ちょっと相談があって来たんですけど、話を聞いてもらえますか？」

「それは、ちょっといまは、その、ダメです」

柔井は震える声で断る。眼鏡の男は困惑するような表情を浮かべた。

「手が離せないということですか？　お待ちしていればいいですか？」

「え？　あ、いえ、待たないでください」

「はぁ？」

隣にいるスポーツ刈りの男が眉を寄せて声を上げる。眼鏡の男が片手で制した。そのうしろにはもう一人、顔の大きい太った男がいるが、こちらは黙ったままだった。

「失礼ですけど、ここは探偵の事務所ですよね？」

「は、はい、いえ、そういうわけでは……」

柔井はしどろもどろになって答える。顔は青ざめ、頭からは水を浴びたように汗が流れていた。

「ごめんなさい、ぼくにはちょっと、分かりません……」

「じゃあ他の方はいますか？　きみ一人だけですか？」

「は、はい。ぼく一人しかいません」

「では、いまは留守番をしているとか？」

「いえ、別に、いまもむかしも変わりなく……」

「ぼくたちはその、こちらを探偵事務所と思って来たんですけど」

「そ、それはどうも、ありがとうございます」

「いや……探偵事務所ですよね？」

「ま、まあ、そうなんですけど……えと、やめました」

「え、やめた？　事務所を畳んだということですか？」

「た、たた、畳んだということです。だからもう帰って……」

「聞いてねぇぞ、そんな話」

ふいに遠くから女の声が聞こえる。柔井は顔を硬直させて言葉を止めた。三人の男が振り返ると、不知火が憮然《ぶぜん》とした表情で立っていた。

「おいハム太郎、誰に断って勝手に店を閉めてんだよ」

「ごめんなさい……」

柔井は謝りつつドアを開くと、その場にずるずると腰を落とした。

三

不知火の登場により訪問者は事務所に招き入れられる。柔井は率先して一階の喫茶店へ向かうと、コーヒーを注文して事務所まで運んできた。珍しく気が利いているのは不知火に叱られないためと、原因不明の体調不良から逃れようとしているためらしい。ただその甲斐もなく、柔井はソファに座るなり隣の探偵助手から脇腹に肘鉄を食らっていた。

縁なし眼鏡の男は不知火の応対に安心したのか笑顔を見せて挨拶する。彼は吉友興一《よしともこういち》、三八歳。小柄で横分けの髪型に知的そうな印象がある。左隣に座るスポーツ刈りの男は猿田繁《さるたしげる》、二四歳。こちらは背が高く痩せており目付きが悪い。さらに左隣に座る顔の大きい男は南方虎男《みなかたとらお》、三二歳。太った体をソファに沈めて、吉友の紹介を受けて無言のまま頭を下げた。

「いきなりお伺いしてすみません。もしかすると、きょうはもう仕事を終わったのかと思ったのですが」

「こちらこそ不手際があって申し訳ございません。わたくしどもは特に業務時間など設けておりません。どうぞお気になさらないでください」

　不知火は落ち着いた口調で返して丁寧に頭を下げる。テーブルの下ではヒールの踵を柔井の足の甲に突き刺していた。吉友はうなずいて口を開いた。

「早速ですけど、折り入ってご相談があります。でも、ちょっとその前にこちらの仕事内容を聞かせてもらってもいいでしょうか？」

「弊所の仕事内容ですか？」

「探偵事務所ということで来ましたが、普段はどんな活動をしているんですか？」

「業務内容を一口に語るのは難しいですが、基本的には依頼者の日常におけるさまざまなトラブルの調査と対応を承っております。範囲で言うと刑事事件や裁判に発展する以前のケースが多いと思います」

「トラブルの調査と対応ですか。その割には不知火先生も柔井さんもまだお若くて、あまり押しが強そうには見えませんね」

「押して対応する方法は好みません。わたくしどもは相手から話と事情を引き出して解決する探偵です」

「なるほど……。探偵の仕事でよく聞くのは浮気調査や素行調査のようなものだと思いますが、そういうものですか?」

「それもありますが、どちらかというと紛失物や行方不明者の捜索、あるいは理解しがたい出来事など、謎に関する調査に取り組むほうが多いです。当方にはネットワークがありますので、たとえば浮気調査ならそれが得意なところを、企業内外の不正調査ならそれが得意なところを紹介するようにしています。その代わりに、他では解決できない依頼があれば、こちらが代わりに請け負うこともあります」

「他では解決できない謎ですか」

「あえて言えば、私設の刑事に近いものと思っています。小説やテレビドラマの古き良き探偵とでも言いましょうか。もちろん現実的にはなんの権限もありませんから、結局は警察へ持って行かざるを得ない場合もあります」

「でも、それじゃ依頼者も初めから警察へ行けばいいんじゃないですか? あそこなら無料で引き受けてくれるでしょう」

「それを望まない方もおられます。大袈裟にしたくないとか、立場上、警察に相談したくないとか」

「それは、犯罪者ということですか？」

「いいえ。政治関係者や芸能人、企業経営者など目立つ立場の方です。評判が利益に直結している方は穏便な解決を望まれます。もちろん、一般の方でも身内や世間の評判を恐れて相談に来るケースも少なくはありません。犯罪者からの依頼はお受けしておりません」

「犯罪かどうかの見極めはどうするんですか？」

「それは簡単です。法律に違反している場合を犯罪と見なします」

「あとでそういう事情が発覚したらどうしますか？　結果的に犯罪の手助けをしていたことが分かったとしたら？」

「当方が不利益を被る場合においては、しかるべき対応をいたします。ただ、わたくしどもは、上っ面だけの『正義の味方』とは思っておりません。知らなかったで通せるのならそうします」

「そこはテレビドラマの名探偵とは違うんですね」

「当方も商売ですから。警察と仲のいい探偵にお客は寄り付きません。なんの権限もない代わりに、なんの義務にも縛られる気はありません」

　不知火は迷うことなくすらすらと述べる。吉友は満足な回答が得られたらしく笑みを浮かべた。

「正直に答えてもらってありがとうございます。それを聞いて安心しました」

「では、そういったご依頼なのでしょうか？」

「いや……それはまだちょっと、分からないんですが」

吉友は言葉を濁す。隣の猿田と南方は貝のように口を閉じている。不知火の隣では柔井が青白い顔をして両手で腹部を押さえていた。

「なんだよハム太郎。ハラでも痛いのか？」

「おなかも痛いですけど……」

「不知火先生、たとえば暗号はどうですか？」

吉友があらためて尋ねる。不知火は赤縁眼鏡の奥の目をやや大きくさせた。

「それは少々、珍しいご依頼ですね。うちに暗号の解読をしろというのですか？」

「そういう依頼は経験ありませんか？」

「日常生活で暗号が使われるシーンもあまりないので、ご依頼をいただくことも少ないです。しかし探偵ですから不得意というわけではありません」

「できるということですか？」

「もちろん。わたくしではなく、こちらの柔井がその方面ではスペシャリストです」

さらりと紹介を受けて柔井は目を丸くする。依頼者の三人も驚いて彼に目を向けた。

「柔井さんが？　本当ですか？」

「あ、いえ、ぼくは別に……」

「本当です。彼は持てる能力の全てを暗号解読に注いできたような人間です。青い顔をしておなかを押さえている彼がこの場にいる理由を考えればご理解いただけるかと思います」

　不知火は当然とばかりに説明する。吉友は戸惑いつつも妙な説得力を感じてうなずいた。

「あ、彩音先生。ぼくは暗号なんて……」

「暗号一つ解読できない探偵事務所なんて畳んでしまえ」

　不知火は顔を動かさず目だけで彼のほうを見る。

「ごめんなさい……」

　柔井はうつむいたまま、さらに強く腹部を押さえた。

四

「よく分かりました。それでは一度、お二人に見ていただきたい物があります」

　吉友はそう言うと鞄から一枚の用紙が入ったクリアファイルを取り出す。用紙には何か文字のようなものが書かれていた。

「ちょっと吉友さん、いいんですか？」

しかしそれを不知火に差し出す前に、左隣の痩せた男、猿田が口を開いた。

「本当にこんな人に任せるんですか？　大丈夫ですか？」

「どういうことだ？　猿田君は不知火先生を信用できないと言うのか？」

「いや、こっちの先生はいいですけど、この男はダメでしょ」

猿田は柔井を指差して声を上げる。

「暗号より前に、おれたちの顔も見ていないんですよ。こんなのにあれを渡すんですか？」

「やめろ猿田君。失礼だぞ」

「いや、こいつのほうが失礼ですよ。おい、ちょっと顔を上げろよ」

「ご、ごごごめんなさい……」

柔井はテーブルに向かってがくがくと頭を下げる。猿田は目を吊り上げて腰を浮かせた。

「何謝ってんだよ！　こっち見ろって！」

「おい、猿田君」

さらに左隣に座っていた南方が低い声を上げる。猿田は言葉を止めて振り向いた。

「座っておけ。決めるのは吉友さんだろ」

「はい……」

猿田は素直に返事をして腰を下ろす。吉友はクリアファイルを手に迷うような素振りを見せていた。

「猿田さんの不安はごもっともです。吉友さん、それはまだ出さないほうがいいでしょう」

三人のやり取りを見て不知火が言う。

「暗号は扉の鍵です。見知らぬ者に大切な鍵を渡すことはお勧めいたしません」

「彼のことは気にしないでください。ぼくは不知火先生のお話を聞いて、仕事の上で信用できる方だと思いました」

吉友は誠実な表情で返す。

「ありがとうございます。しかしわたしのほうは、まだあなた方のことを何も知りません」

「ぼくたちのことを？」

「鍵を渡すから扉を開けろというだけでは困ります。わたしたちはまだお名前しかお聞きしておりません。暗号解読ということでしたら、その依頼の目的と経緯をそろそろお聞きしてもよろしいでしょうか？」

「そうですね。ではまずそこからお話しいたします」

吉友はクリアファイルを鞄にしまい背筋を伸ばす。

「申し遅れましたが、ぼくたち三人は『通天閣愛好会』の者です。このたびは極秘の任務によりこちらへお伺いしました」

「通天閣？　大阪にある名物タワーのことでしょうか」

「ご存じですよね？」

「もちろんです。まだ登ったことはありませんが」

不知火はそう返して柔井のほうを向く。彼も首を振って登っていないことを伝えた。吉友はうなずく。

「結構です。関西にいてもそういう方は大勢おられます。ぼくたちはその通天閣の魅力を広く皆さまに知ってもらうためのPR活動を続けている、有志の愛好会です」

「そうですか。それが当探偵事務所にどのようなご依頼でしょうか」

「実は今回、通天閣の謎にまつわる大変重要な情報を手に入れまして、それについてフロイト総研さんの智恵をぜひお借りしたく考えております。その情報というのが、先ほどからお話ししている暗号のことです」

「暗号が謎を解く鍵になっているのですね。それはいったい、どのような謎ですか」

「それは……幻となった『初代ビリケン像』の在処です」

「初代、ビリケン像……？」

吉友はもったいぶって明かしたが、不知火は意味が分からず復唱して隣の柔井に目を向けた。

「い、いえ、ぼくもよく分かりません。ただ、その、ビリケンさまに関することなのは分かります」

「ビリケンさまってなんだよ、そのビリケン像のことか？」

「そういえば、何年か前にビリケンさまが三代目になったという話題をニュースで見ました。その時は気にしていませんでしたけど、いままでのビリケンさまって実は二代目だったんですね。だからその前には初代もあったということです」

「なんの話かさっぱり分かんねぇぞ」

「いえ、柔井さんの言う通りです。そのビリケン像の話です」

　吉友が代わりに答える。

「それではまず、通天閣とビリケン像の歴史からご説明します」

五

　通天閣は大阪市浪速《なにわ》区の南東にある繁華街、通称『新世界』に建つ展望塔だ。高さが一〇八メートルで頭の大きな徳利《とっくり》風のシルエットをしており、鉄骨が剝き出しの送電鉄塔の上に展望台を設けたような外観だった。設計者は東京タワーをはじめ多数の電波塔や展望塔を手がけた内藤多仲《たちゅう》。通天閣と命名したのは儒学者の藤沢南岳《なんがく》と伝えられている。大阪を代表する建築物の一つであり、パンフレットやガイドブック、あるいはテレビ番組で大阪を紹介するシーンなどで頻繁に登場する名所だった。

その通天閣の展望台には、ビリケン像という不思議な神像が祀《まつ》られている。頭頂部にのみ髪を生やした無邪気な笑顔に、裸の幼児に似た小太りの体形。前方に足を投げ出した愛らしい姿をしている。これは一九〇八年にアメリカの芸術家が夢で見た神さまの姿として制作し、世界中で流行した幸福の像だった。

通天閣とビリケン像との出会いは一〇〇年以上も昔にさかのぼる。通天閣の歴史は二期、すなわち太平洋戦争以前の初代通天閣と、戦後に復興した二代目通天閣とに分かれていた。初代通天閣は一九〇三年に開催された内国勧業博覧会の跡地を整備して一九一二年に完成。建築家設楽貞雄《しだらさだお》の手によるもので、フランスの凱旋門の上にエッフェル塔を載せたような奇抜なデザインだった。

初代通天閣とともに南側には遊園地ルナパークがオープンし、一帯に大阪の新名所『新世界』が誕生した。その時ルナパーク内に設けられたビリケン堂に展示された舶来の神像が初代ビリケン像だった。

しかし一九二三年に営業不振によりルナパークは閉園し跡地は売却。さらに通天閣は一九四三年に火災に見舞われたのち、戦中の金属献納運動により解体されて政府に供出された。そして一九四五年の大阪大空襲により新世界を含め大阪一帯は壊滅的な被害を受けた。通天閣、ビリケン像、新世界の歴史はここで一旦途切れた。

二代目通天閣は、初代が消えた一三年後の一九五六年に、地元有志らの力により現在の形で建設。大阪復興のシンボルタワーとなった。そして一九七九年、ルナパークの閉園より実に五六年後に二代目ビリケン像が新たに作られて通天閣内に設置。以来ビリケン像は『ビリケンさん』と呼ばれるようになり、通天閣の守り神、あるいはマスコットキャラクターとして知られるようになった。

そして二〇一二年、初代通天閣の誕生から一〇〇周年にあたる年にビリケン像は新調されて三代目ビリケン像が誕生。同じくリニューアルされた展望台の神殿内にて安置されることとなった。

「通天閣はこのような歴史を辿り現在に至っています。いまでは通天閣とビリケン像はセットの関係、合わせて大阪の顔となっています」

吉友は真剣な目差しで話す。愛好会というだけあって資料に目を通すことなく説明していた。

「しかし一九二三年までルナパークに展示されていた初代ビリケン像は、現在まで行方知れずとなっています。九〇年以上も昔の出来事ですし、戦火によって資料の大半も失われてしまったからです。当時撮影されたと見られる初代ビリケン像の写真ですら、ごく最近になってから見つかった有様なんです」

「その失われた初代ビリケン像の在処に関係する手がかりを、今回吉友さんたちは発見されたのですね？」

　不知火はそう尋ねてコーヒーカップに口を付ける。吉友、猿田、南方の三人が揃ってうなずいた。

「ぼくたちの調査により、堺市の実業家が所有していたことが分かりました。この方はかつてルナパークを解体撤去する際に日雇いの作業者として参加していました。おそらくその時に、現場にあった初代ビリケン像を持ち帰ったものと思われます」

「譲り受けたのでしょうか？　それとも盗んだのでしょうか？」

「それは分かりません。時代を考えると、売れば金になると思って盗んだのかもしれません。彼はその後クズ鉄業、いまで言う金属のスクラップ業で身を興し実業家として成功しました。そうなると初代ビリケン像も売り辛くなったのか、ずっと隠し持っていたようです」

「九〇年以上も前の解体作業に参加していたとなると、いまは結構なご年齢ではありませんか？」

「いいえ、その男は一九八三年に他界しています。しかしその前に保管していた初代ビリケン像をどこかへ隠してしまったようなのです」

「そして隠し場所を暗号にして遺したということですか」

「その通りです。しかしぼくたちだけでは解読できそうにないので、不知火先生の力をお借りしたいのです」

吉友はそう言って頭を下げる。少し演技臭いが口調は丁寧で物腰も柔らかい。本職は営業か接客業かもしれない。隣の猿田と南方はうなずくばかりで発言は彼に頼り切っていた。

「ところで吉友さん、なぜそれが極秘の任務になっているのですか？　見つける前から騒いでも仕方ありませんが、もっと大々的に活動されてもいいのではないですか？」

不知火は三人の顔を見回しつつ質問する。吉友は少し迷いつつ口を開いた。

「公表したくない理由は四つあります。一つ目に暗号が解読できず、見つけられない可能性があります。二つ目に暗号が解読できても、本当に初代ビリケン像がそこに隠されているかどうかは分かりません。三つ目に隠されている場所が他人の土地であった場合、捜索活動が難航するかもしれません。そして四つ目に、これはまだ通天閣側から許可を得ていない活動だからです」

「通天閣側からは認められていないのですか？」

「ぼくたちはあくまで愛好会です。通天閣のスタッフにも名は知られていますが運営会社とは無関係です。そんな者たちが勝手に初代ビリケン像を探し回っているとなると迷惑がかかります。しかし運営会社の許可を得て活動するとなると、報告や手続きの煩わしさが増えて時間もかかります。最悪の場合、暗号を信じてもらえず活動自体を止められるかもしれません。だからいまはまだ内緒にしておきたいんです」

「先ほどの犯罪についての話と重なるようですね。他人の私有地に足を踏み入れる可能性があるから、運営会社を通さずにこっそりと活動したいということですか。加えて発見時に所有権の問題が発生する恐れもあります。もし地面を掘り返して出てきたとすれば、所有の権利は発見者にあるか、それとも土地を持つ者にあるか、あるいは最初に埋めた者にあるか」

「不知火先生はこれを犯罪と見なしますか？」

「シロともクロとも言えず、グレーゾーンではありますね」

不知火は少しうつむいて答える。

「まだ暗号を解いて隠し場所を見つけたわけではありませんから、なんとも言えません。ただ、土地の所有者に断りなく地面に穴を掘るのは犯罪です。しかし、もしそこから本当に初代ビリケン像が見つかったなら、話はまた変わってくるでしょうね」

「仰る通りです。最良のケースは、ぼくたちだけで捜索して、無事に初代ビリケン像が発見されたあとに公表することです。大阪の遺産とも言える神像です。見つけてしまえば誰も文句は言えないはずです」

吉友は確信に満ちた表情を見せてそう言った。

六

「ご依頼の内容はよく分かりました。実に興味深い話です。また通天閣ひいては大阪にとっても有意義な活動であり、お受けすべき仕事と感じました」

不知火は謙《へりくだ》ることなく堂々とした態度で言う。どのような依頼に対しても不安や戸惑いを見せないのが探偵の資質と心得ていた。愛好会の三人もようやく安心した表情を見せる。隣に洗い立ての柴犬のように貧弱な柔井がいるせいで、女探偵助手がより一層頼もしく見えた。

「それでは、まずはその暗号を確認させていただきたく思います。この場ですぐに解読できるか、調査の必要があるか、見極めさせていただきます。もしかすると当方の手に負えるものではなく、依頼をお断りする可能性もあります。そこはご了承ください」

「分かりました。ともあれご確認ください」

　吉友はあらためて鞄からクリアファイルを出してそのまま不知火に手渡す。今度は隣の猿田も文句を言わなかった。南方も無言のまま二人のやり取りにじっと目を向けていた。

ビ	リ	ケ	ン	ニ
キ	ケ	ス	レ	タ
ダ	テ	キ	ノ	サ
ツ	ヲ	マ	モ	ユ
リ	レ	ヤ	ン	ド
タ	ゼ	ヲ	サ	ア
ツ	ノ	ビ	ボ	イ
ボ		ス		モ
ニ	テ	ゼ	ク	ユ
ド				ヒ
ア				

「ビリケンニキケスレタダ……」

不知火は抑揚のない声で読み上げる。暗号文はやや薄汚れたＢ５サイズの用紙に手書きで書かれていた。全てカタカナで、文字の間隔は均一に整えられているように見える。一段目を左から右へなぞると『ビリケンニキケ』と読める。しかしそれより先は意味不明だった。

「どうですか？　何か分かりますか？」

「いいえ。いまはまだ何も分かりません。しかし想像していたほど複雑なものではない気がしました。解読は時間の問題だと思います」

不知火は余裕を見せつつクリアファイルを柔井に手渡す。吉友たちは感心するように唸った。

「先にお尋ねしますが、皆さんはこの暗号から何か気づかれたことはありますか？　わたしたちよりも通天閣とビリケン像に詳しいはずです。どんな些細なことでも結構ですから教えていただければ助かります」

「いやぁ、ぼくたちは何も分からずお手上げでした」

吉友は右手を軽く上げて答える。

「頭が固いというのか、パズルや言葉遊びは苦手です。たとえば『ウメダ』とか『ナンバ』とか地名でも隠れていないかと思ったのですが、どうもそういう類ではないようですね」

「そういえば、この暗号をどこで手に入れられたのですか？　先ほどの話では初代ビリケン像を隠したという方は、ずいぶん前に亡くなられていると聞きましたが」

「西天満《にしてんま》の骨董店で手に入れました。初代ビリケン像の話もそこで知りました」

「どちらのお店ですか？　その方は暗号の作成者とお知り合いだったのでしょうか？」

「萬定堂《まんていどう》という店の、萬屋定吉《よろずやさだきち》という店主です。その方は何も知りません。別の知人からそう言われて買ったという話でした」

「ということは、贋物《にせもの》の可能性もありますね？」

「否定はできません。ですからフロイト総研さんに依頼しようと思いました。プロの探偵でも解読できなければデタラメの暗号文になります。また解読できても初代ビリケン像が見つからなければぼくたちも諦めが付きます」

　吉友の説明に不知火はうなずく。手に入れた暗号文が絶対に真実であるというのは、フィクション上でのルールに過ぎない。現実ではまったく無関係な落書きに過ぎないものも多いだろう。

「おい、どうなんだよ。何か分かったのか？」

　猿田が暗号文を見つめる柔井に向かってぶっきらぼうに尋ねる。柔井は息苦しそうに呼吸を繰り返しつつ頭を振った。

「あ、い、いえ、さっぱり分かりません」

「お前、スペシャリストじゃないのかよ。こんな暗号くらいサクッと解けよ」

「ご、ごめんなさい。あの、彩音先生」

「心配すんな。さすがにこの場で解読しろなんて言わねぇよ」

不知火は珍しく寛容な態度を見せる。それは契約書を交わす前に解決すれば、依頼をキャンセルされる恐れがあるからだが、当然そこまでは説明しなかった。そして柔井もその意図に気づくことなく首を振った。

「いえ、その、ぼく、今回のご依頼はちょっと、お断りしようかと……」

「はぁ？」

不知火の代わりに猿田が声を上げる。

「おい、何言ってんだよ。お前、吉友さんにここまで説明させておいて断るつもりか」

「よせ、猿田君」

吉友が手を振ってそれを制する。仏頂面の南方はやはり何も言わず、ただ眉間に皺を寄せていた。不知火が溜息をつく。

「相変わらず、へたれやがって。だいたい、今回の依頼は暗号を解くだけだぞ。恐くも危なくもない調査じゃねぇか」

「い、依頼のほうは、はい、ぼくもそう思います。だけど、その今夜はちょっとぼく、体の具合が凄く悪くて、ごめんなさい……」

柔井は顔を青くして声を震わせる。不知火は露骨に舌打ちをすると吉友のほうを向いた。

「お聞きの通りです、吉友さん」

「はぁ、それでは……」

「はい。ご依頼、確かにお受けいたしました」

「ええ、そんな……」

柔井はがっくりと肩を落とす。その様子に吉友のほうがためらいを見せた。

「そ、それはありがたいですが、いいんですか？」

「柔井のことなら心配いりません。本人が『今夜は』ちょっと体調が悪いと言いました。ですから、あしたには完全回復するそうです」

「え？　いや、それはっ」

柔井が何か言おうとしたが、不知火がテーブルの下で足を振り彼の臑を蹴った。

「ひとまずは、暗号文に『ビリケンニキケ』とありましたので、実際に通天閣へ足を運んでみたいと思います。いまのビリケン像を見ておきたいので。おい、それでいいか？　ハム太郎」

「は、はい……それで、いいです。どうでも、はい……」

柔井は泣きそうな表情で返す。その間もずっと不知火に臑を蹴られ続けていた。

「引き受けていただきありがとうございます。それではあした、ぼくたちが通天閣にご案内します。もちろん、それまでに暗号文が解読できたらご連絡ください」

吉友は二人のやり取りに戸惑いつつも礼を述べる。猿田は不満そうな顔つきのまま柔井を睨んでいる。南方は膝に手を置いてしっかりと頭を下げた。不知火は端整な顔に頼もしい笑みを浮かべてうなずく。柔井は腹と臑を押さえて脂汗をかいている。五者五様の態度だった。

七

翌日の午後、不知火と柔井は通天閣の最寄り駅であるＪＲ新今宮《しんいまみや》駅を訪れる。東側の改札口を出たところには、先に到着していた南方虎男が一人で立って待っていた。

「お待たせいたしました。南方さん」

不知火が挨拶をすると南方はかしこまって頭を下げる。さほど背は高くないが体つきは大きくがっしりとしている。身に着けたスーツが窮屈そうに見えた。

「ご足労痛み入ります。吉友さんと猿田君は仕事があるゆえ、きょうは手前が案内いたします」

「分かりました。よろしくお願いします」

「……柔井さんは、まだ体調が優れないのですか？」

　南方は不知火の背後に目を向ける。柔井はきのうと変わらず青い顔をしており、手で胸の辺りを何度もさすっていた。

「彼のことなら心配いりません。単なる電車酔いですから」

「電車酔い？　奈良から大阪へ来るだけでも酔うのですか？」

「近ごろは『電車』という言葉を聞くだけでも胸がつかえるそうです」

「難儀な体ですな。では参りましょう」

　南方はそう言うと駅を出て北へと歩き始める。周辺は通天閣とともに歴史を歩む繁華街、新世界と呼ばれる一帯だった。狭い歩道の両側には居酒屋のみならず、たこ焼き屋やフグ料理店、串カツ屋といった店舗が軒を連ねている。どの店も競うように派手な看板を掲げて幟《のぼり》を立てて、さらには空中に吊られたフグや串カツを持つ恵比寿《えびす》、独自に作ったビリケンなどの巨大なオブジェが飾られていた。

「南方さん、愛好会の皆さんはそれぞれ別のお仕事をされているのですか？」

　賑やかな通りを歩きながら不知火は南方に尋ねる。しかし彼は反応を示さず、正面を見据えたままのしのしと足を動かし続けていた。

「南方さん？」

「ん？　あ、はい。なんでございますか？」

「……皆さんは普段、どのようなお仕事をされているのですか？」

「ああ、仕事。うん、吉友さんは本町の貿易会社で働いております。猿田君は難波の飲食店で働いております。ゆえに、きょうは来られないのであります」

「南方さんは、きょうはお休みですか？」

「手前は、東大阪の印刷会社に勤めております。家業なので時間は自由が利くのであります」

南方は低い声でぼそぼそと話す。緊張しているのか、無愛想なのか。きのうの吉友とは違いずいぶんと口下手に見えた。通りの先には目的地の通天閣がそびえ立っている。大阪のシンボルタワーは大仰に構えることなく、まるで公園にある遊具のような親しみやすさを醸し出していた。

「ああ、通天閣ですね。きのうもお話ししましたが、わたしはいままで入ったことも上へ登ったこともありませんでした。こんなに近くで見ることも初めてです。だから凄く楽しみにしています」

「しかし、まあ低いでありますよ」

愛好会の南方は謙遜するように言う。

「大阪ならキタのビルやマンションのほうがずっと高うございます。おまけに近ごろ、すぐそこにバケモノじみたビルまで建ちましたので、さらに見通しが悪くなりました」

南方は右手の遠くを指差す。そこには長方形のブロックを二つ重ねたような超高層ビルが、遠近感を狂わせるほどの巨大さを誇っていた。隣接する阿倍野《あべの》区に建つ複合商業施設『あべのハルカス』だ。二〇一四年に開業したこのビルは、地上六〇階、高さ三〇〇メートルもあり、日本で最も高いビルとして特に関西で注目を集めていた。

「手前は、あれが建ったせいで通天閣がさらに低く見えるようになったと思うのです」

「高さ競争になるとあとからできた建物が勝つに決まっています。大阪の象徴としては通天閣もまだまだ負けていませんよ」

不知火は南方に気を遣って返す。やがて通りをまたぐように建つ通天閣の足下まで辿り着いた。低いと言っても近くで見ると鉄骨の存在感に圧倒される。ほど近くに『通天閣展望台入口』という扉を見つけるが閉鎖されており中へは入れない。斜向《はすむ》かいにある『通天閣わくわくランド』という入口から地下を通って行くのだと南方に案内された。

「あ、彩音先生……」

二階の売店でチケットを三枚購入したところで背後の柔井が声を上げる。この先はエレベーターに乗って最上階の展望台へと進む順路になっていた。

「ご、ごめんなさい。どうやらぼくはここまでです……」

「はぁ？　いきなり何言ってんだお前」

不知火は立ち止まって振り返る。柔井はうつむいたまま静かに首を振っていた。

「あとの調査は彩音先生にお任せします。ぼくはここでお待ちしています」

「まさかお前、展望台へ行かないつもりか？」

「ぼくは、その、高いところだけは苦手なんです」

「さっきまで低いって話をしていたじゃねぇか。たったの一〇八メートルだぞ」

「展望台は八七・五メートルであります」

南方は無表情で訂正する。それでも柔井は首を振り続けた。

「で、でも、一〇八メートルでも、八七・五メートルでも、落ちたら危ないです」

「誰も飛び降りろなんて言ってねぇだろ。お前、なんのためにここまで来たんだよ」

「え、だってそれは、彩音先生が行くって言うから……」

柔井は立ち止まったまま答える。不知火は彼の元まで戻ると、ためらいなく足の甲を上から踏みつけた。

「ふざけんな。せめてチケットを買う前に言えよ」

「そ、そうですよね。ごめんなさい……」

不知火と柔井はぼそぼそと会話をする。

「展望台に上がらなくても、暗号文は解読できるんだろうな」

「あ、彩音先生が調べてきてくれたら、助かります……」

「わたしを使おうなんていい度胸してんな」

「いえ、ええと、ス、スマホで電話を繋いでおいてくれたら、し、下からでも様子が分かります。それで充分です」

「じゃあかけてこいよ。通話料金は全額お前持ちだ」

不知火はそう言うと体を返して南方の下へ戻った。

「南方さん、お待たせしました。柔井はきのうに引き続き体調が悪いようなので、下で待たせておきます。わたしたちだけで展望台へ上がりましょう」

「そう、ですか。しかし彼が行かなくても暗号は解けるのでありますか？」

「何も問題ありません。もし解けなければ展望台からバンジージャンプをするそうですから」

不知火は笑顔を見せて南方とエレベーターへと向かう。遠くで柔井が胸を押さえて縮こまっていた。

八

エレベーターは通天閣を紹介するアナウンスを流しつつ、ゆっくりと上昇する。平日の午後なので来場者は少なく、若いカップルと中年の女三人組と、旅行客と見られる五人の外国人が乗っていた。ガラス張りの向こうで大阪の町がぐんぐんと下がってゆく。やがて景色は壁に阻まれて何も見えなくなり、アナウンスが終わると同時に展望台へと到着した。

「これは……」

エレベーターから一歩出るなり不知火は立ち止まる。全面がガラス張りで外の景色が見渡せるのは各地の展望台と変わりがない。しかし通天閣の展望台は、壁も柱も天井までも金色に塗装され、床には赤絨毯が敷き詰められているという衝撃的な内装が施されていた。

「ずいぶんと派手に作ってあるんですね」

「何年か前にこのような形に変わったのであります」

南方は見慣れているらしく特に驚いた様子はない。内部はエレベーターを中心にぐるりと一周して見て回る構造になっている。側にはガラスケースに入れられた木像が安置されていた。

「あ、これがビリケンさんですか」

「いえ、それは布袋《ほてい》さんであります」

「布袋さん？」

「ここには七福神も置いてあるのです」

木像は七福神の布袋を模している物らしい。丸い体と目を細めた笑顔はビリケンに似ているが、髪は頭頂部にもなく完全な禿頭だった。展望台内には同じ形のガラスケースが等間隔に並んでおり、それぞれに七福神が安置されているとのことだった。

「あらぁ、南方さん？」

ふいに背後から声をかけられて二人は振り返る。そこにはピンクの制服に黒いハットを被った、デパートの店員のような女性が笑顔で立っていた。

「やっぱり南方さんや。こんにちは。また来てくれはったんですねぇ」

「や、これは鶴見《つるみ》さん。ひ、久しぶりでござる」

南方はおかしな口調で返事をする。鶴見と呼ばれた女は声を上げて笑った。

「不知火先生、こちらは通天閣で案内をしている鶴見さんであります。鶴見さん、この人は、その、友人の不知火さんであります」

「初めまして、不知火と申します」

「こんにちは。鶴見ですぅ。通天閣へようこそ」

鶴見はおっとりとした関西弁で挨拶する。二〇代後半か三〇代くらいだろうか。ロングヘアで化粧はやや厚塗りだが愛想の良さそうな美人だった。

「いややわぁ南方さん。こんなべっぴんさん、どこで見つけて来やったんですか？」

「ええ？　いや、こちらは仕事の取引先の人で……」

「ほんまにぃ？　うちのこと、捨てはったんと違いますか？」

「な、何を言うんだ。冗談はやめてくれ」

南方は顔を赤くして首を振る。どうやらかなり親しい間柄らしい。不知火はバッグから柔井と通話中のスマートフォンをそっと取り出した。

「鶴見さん、わたしと南方さんが仕事を通じての友人というのは本当です。南方さんがこちらの愛好会に参加されていると聞いて、きょうも無理にお願いして連れて来てもらったんです」

「はいはい。分かっとります。南方さん、お人好しやもんね。あ、うちのこと捨てたとかいうのも冗談ですから。真に受けんといてくださいね」

「つ、鶴見さん。不知火さんは初めて通天閣に参ったのです。だからご案内をお頼み申します」

　南方は女二人の会話を遮って言った。

「あら、そうですか。どうですか不知火さん。ちぃちゃいとこですけど、おもろいでしょう？」

「ええ。何よりこの内装に驚きました。金色の壁に赤絨毯なんて、他の展望台ではちょっと見かけませんね」

「二〇一二年の開業一〇〇周年に合わせて黄金の展望台に全面リニューアルしたんです。太閤・豊臣秀吉さんの黄金の茶室になぞらえて。大阪の人はど派手で賑やかなんが好きやからねぇ」

「インパクトはありますね。それに七福神まで祀られているんですね」

「それも同じ時にできました。不知火さんは知ってはりますか？　七福神って色んな神さんや仏さんが一緒になってはるって」

「色んな神さん？　そういえば恵比寿や毘沙門天《びしゃもんてん》はいわれが違いますね。布袋はなんだったでしょうか」

「布袋さんは中国のお坊さんです。恵比寿さんは日本の漁業の神さん、毘沙門天さん、大黒《だいこく》天《てん》さん、弁財天《べんざいてん》さんはヒンドゥー教の神さんから仏教の仏さんになった方々。福禄寿《ふくろくじゅ》さんと寿老人さんは中国の道教の神さんです。みんなバラバラなんです。それを日本の人がありがたいからって七福神にまとめはったんです」

「なるほど。この国らしい考え方ですね」

「だからみんな宝船に乗って海から来るんです。恵比寿さんは海の神さんで、他は海外の神さんと仏さんやからね。だからね、通天閣も仲間に入れてもらおうと思て祀ることにしたんです」

「通天閣も、七福神の仲間に？」

「ここでは八福神になります」

「八……ああ、ビリケンさんですか？」

「大あたりぃ！　嬉しいわぁ不知火さん。南方さん、このお姉さん天才やなぁ」

海を渡ってくる神仏が七福神なら、アメリカ生まれのビリケンも仲間ということだ。通天閣はどこまでもおめでたい塔をアピールしていた。

九

「鶴見さん。それでは不知火さんにもビリケンさんをご紹介願いたい」

南方は鶴見を呆れ顔で見る。彼女は快く了解すると先頭に立って展望台を歩き出した。窓の向こうには秋を間近にした大阪の景色が広がり、室内には七福神の木像が並んでいる。やがて小さな神殿風の台座が現れ、その中に置かれている一体の白い像が目に入った。

「へぇ、これがビリケンさんですか」

不知火は物珍しげに台座に近づいてビリケン像を観察する。姿形は通天閣や新世界の至るところに写真やイラストが掲載されていたので驚きはない。尖った頭に目を細めた笑顔、小太りの体に足を投げ出して座っている。さまざまな宗教の神像や仏像に見られるような威厳は感じられないが、目にする者たちを笑顔にしてくれる親しみやすさがあった。

「こう言ってはなんですが、庶民的な神さまですね」

「……どうでありますか、不知火先生。暗号文について何か分かりましたか？」

隣の南方がぼそぼそと尋ねる。鶴見はビリケン像の側にいた別の案内係らしい女に話しかけている。彼女は鶴見とは衣装が異なり、赤い法被《はっぴ》を羽織っていた。

「南方さんは、鶴見さんがお好きなんですか？」

「え？　あ、さっきの話は冗談でござる。本気にしないでいただきたい」

「それは分かっていますが、仲がよろしいように見えましたので」

「そんなことはござらん！　いや、仲が悪いというわけではないが、その、手前らは決して、そのような関係では……」

「いいえ、すみません。いいんです。調査には関係のない話です」

不知火は自らの失言に気づいて謝る。柔井が側にいないせいか、からかう矛先を南方に向けて口を滑らせたと反省した。南方は額の汗をスーツの袖で拭う。そのうち鶴見がちょこちょこと小走りで戻って来たので二人は会話を止めた。

「堪忍、堪忍。どうですか不知火さん。これがビリケンさんですよぉ」

「ええ。いまも南方さんと話していました。とっても可愛いですね」

「おおきに。ビリケンさんはみんなを幸せにする福の神、通天閣のアイドル、大阪のゆるキャラなんです。不知火さん、ビリケンさんへのお祈りの仕方は知ってはりますか？」

「そうか、仏像じゃないから手を合わせるわけじゃないんですね。拍手《かしわで》でもないし、十字を切るのも違いますね。どうするんですか？」

「はぁい。まずはお賽銭《さいせん》を入れます」

「あ、お賽銭はいるんですね」

よく見るとビリケン像の足下には格子状の口が開いた箱が設けられている。不知火は言われるままに財布の小銭を投入した。鶴見はにっこり笑って話を続けた。

「お賽銭を入れたら、お願い事をしながらビリケンさんの足の裏を掻いたってください」

「足の裏を搔くんですか？　触ってもいいんですか？」

「もちろんです。ビリケンさんは手が足まで届かんで、いつも痒《かゆ》い痒いしてはります。搔いてあげたらお願い事を叶えてくれはるんです。べっぴんさんが搔いてくれたらビリケンさんも大喜びです」

不知火はほほえんで了解すると像の足の裏を搔く。ビリケン像も心なしか気持ちよさそうな顔に見えた。

「面白いですね。神社にある撫で牛のようです。参拝者に撫でられて、頭や鼻が剝げて光っている像です」

「はい。ビリケンさんもみんなに撫でられてツルツルです。これも二〇一二年に新しくなった三代目ですが、二代目のビリケンさんは足の裏が四センチもくぼんではったんですよ」

「へえ、代替わりしたんですね」

不知火は興味深げな素振りを見せて話を合わせる。目の前のビリケン像が三代目なのは、きのうの話から当然知っていた。

「どうりで、まだ新品のように綺麗ですね。三代目に代替わりして、二代目やその前のビリケン像はもうないんですか？」

「二代目ビリケンさんは通天閣で三二年間のお役目を終えて、いまは通天交響楽団というバンドのメンバーとして、皆さんに幸せを振り撒いてはります」

「なるほど、身軽になったんですね。じゃあその前のビリケンさんは？」

「その前のビリケンさんは行方不明なんです」

「行方不明？　まさか捨てたんですか？」

「いいえ。これには深ぁい理由があって、一〇〇年前にいまの物とは違う初代の通天閣が建った際に、一緒にできた隣の遊園地に初代のビリケンさんが祀られていました。でもその後遊園地が閉園した時に初代のビリケンさんもどこかへ行ってしまったんです。それから戦後にいまのこの通天閣が建って、さらにあとになってから、新しく二代目のビリケンさんを作って祀るようになったんです」

「そんなに長い歴史があるんですか。初代のビリケン像はどこへ消えたんでしょうね。もう探してもいないんですか？」

「いまさらひょっこりと出て来はったらおもろいですけど、さすがにもうないやろうね。でもうちは二代目もこの三代目も、初代のビリケンさんを受け継いだつもりやから、やっぱり福の神として祀らせてもろてます」

　鶴見はにこにこと話す。きのう聞いた吉友の説明よりも内容は薄い。案内係の彼女から聞ける話はこれくらいだろう。特に新しい情報も得られないまま、通天閣での調査は終わった。

一〇

　不知火と南方は展望台からエレベーターで下りて通天閣をあとにする。チケット売り場の前で待つと言っていた柔井の姿はなく、スマートフォンで連絡を取るとなぜか近くの串カツ店にいるという返事だった。二人が足を運ぶと、彼はテーブル席で大量の串カツを前に四苦八苦していた。

「あ、彩音先生。どうもお疲れさまでした」

「てめぇ、何一人で飯食ってんだよ」

　不知火は乱暴に椅子を引いて対面に座る。南方も隣の席に腰を下ろした。柔井は叱られた子どものように両手を膝に置いて首を振った。

「わたしに調査を押しつけて、てめぇは新世界でランチタイムか。腹が痛いだの胸が苦しいだのはどうなったんだよ」

「い、いまも苦しいです」

「これだけ串カツ食っていたら、そうなるだろうな」

「いや、聞いてください先生。ぼくはそんなに食べていません。これにはわけがあるんです」

「南方さん、よろしければ何かご注文ください。ビールでもいかがですか？」

「ええ？　いや、手前は結構でござる」

「どうぞご遠慮なく。こいつがいくらでも支払いますから」

「ま、待ってください、彩音先生。ぼくはその、人助けをしたんです」

柔井はうろたえつつ声を上げる。不知火は冷たい目でテーブルに置かれた串カツを摘《つま》み上げた。

「あ、先生。ソースの二度付けは禁止だそうです」

串カツを並べたトレイの横にはソースの入った壺《つぼ》が置かれている。新世界の串カツ店では、取り上げた串カツをこの壺に入れてソースを付けるシステムになっていた。壁の貼り紙には大きなビリケンのイラストがあり、『ソースの二度付けは禁止やでー』という吹き出しの注意書きがあった。

「人助けってなんだよ、ハム太郎。お前が飯を食って誰が助かるんだよ」

不知火は顔をしかめて串カツを頬張る。柔井はまるで自分の身を嚙まれたように体を縮めた。

「あの、ぼく、彩音先生たちが通天閣の展望台へ行ったあとも、しばらくはチケット売り場にいたんです。でも来場者の邪魔になってもいけないと思って、一旦外へ出て待つことにしました。そうしたら、いきなりこのお店の人に呼び止められて、助けて欲しいってお願いされたんです」

「何を助けるんだよ」

「このお店です。なんでも儲けが少ないらしくて、ぼくが行かないと潰れてしまうところだったんです。それで、人助けと思って食べに来て欲しいと言われたので……」

遠くから『いらっしゃいませ』の声とともに新たな客の来訪が聞こえる。昼食には遅く、夕食には早い時間帯だが店はそれなりに繁盛しているようだ。

「……お店の人から何度も頼まれて、手を合わせてお願いまでされて、ぼくはとても見捨てられなかったんです。だからここへ来てたくさん注文してあげたんです」

「嘘つけ」

「う、嘘じゃないです。ぼくは本当にそう言われたんです」

「そっちじゃねぇよ。てめぇが積極的に人助けなんてできるか。おおかたそんな話で呼び込まれて、注文も断り切れなかっただけだろ。根性なしを誤魔化してんじゃねぇよ」

「……ごめんなさい。はい、まったくその通りです」

柔井は素直に認める。不知火は串カツを皿に取り分けて南方に勧めた。

「南方さんもどうぞ。人助けと思って食べてやってください」

「かたじけない……ところで不知火先生、暗号解読のほうはどのような塩梅で？」

「いささか手間取るようですね。『ビリケンニキケ』と書かれていたので通天閣までやって来ましたが、特に有力な情報は得られなかったように思います。鶴見さんの話にも目新しいところはありませんでした。あの黄金の展望台や七福神には謎めいた予感も抱きますが、暗号文との繋がりは見出せません」

不知火は言い訳することなく素直に答える。南方も調査に付き合っていただけに同意せざるを得なかった。

「しからば、いかに？」

「もしかすると、『ビリケンニキケ』というのは、いまある三代目ビリケン像ではなく、行方不明となっている初代ビリケン像そのものを指していたのかもしれません。つまり、初代ビリケン像に関する情報をさらに調査せよということです」

「吉友さんや鶴見さんの話だけでは足らぬと？　されど、他に初代ビリケン像に関する情報はありませせぬぞ」

「通天閣の運営会社に問い合わせれば、何か情報が得られるかもしれません」

「いや、しかし運営会社に聞くのは……」

「愛好会の方はあまり望んでおられないようですね。まあこちらの正体を隠して聞いてみることもできると思いますが……」

不知火は串をくるくると回しながら答える。テーブルの正面では柔井が脂汗を浮かべて苦行のように串カツを食べ続けていた。

「おいハム太郎。無理して食うなよ。お前、普段はダイエット中の女子なみに小食だろうが」

「そ、そうなんですけど、もったいなくて……」

「そんなことより、どうするんだよ」

「どうしましょう。このお店、お持ち帰りはできるんでしょうか」

「そっちじゃねぇよ。暗号文のほうだよ」

「あ、暗号文？」

柔井は手を止めると顔を上げて不知火を見た。

「暗号文は、はい、解読できましたけど……」

「なんですと？」

南方は串カツをくわえたまま声を上げる。不知火は無表情のまま手首を曲げて柔井の眉間に串を突き刺した。

一一

「や、柔井さん。まことでありますか？　本当に暗号文が解読できたのでありますか？」

「で、できたのであります。ごめんなさい……」

柔井は額を押さえつつ答える。南方はテーブルに手を突いて身を乗り出した。

「……して、初代ビリケン像はいずこに？」

「はぁ、暗号文が示している場所は、多分、天保山《てんぽうざん》だと思います」

「天保山？　あの、大阪港にある公園でありますか？　なぜそんなところに……」

「それは、分かりませんけど」

「おいハム太郎」

不知火がテーブルに串を突き立てる。

「いきなり答えを言うんじゃねぇよ。てめぇ、いつの間に解読したんだ？　まさか通天閣へ来る前から分かっていたんじゃないだろうな」

「い、いえ。さっきです。さっき分かったんです」

「通天閣にも上がらずに、串カツを食っていただけでよく暗号文が解読できたな」

「つ、通天閣と新世界で得た情報を参考に解読しました。だからここへ来なければ、ぼくも分かりませんでした」

「じゃあ解読方法を説明しろ。いい加減な答えだったら全部食い終わるまで店から出さねぇからな」

「は、はい」

不知火に命令されて柔井は黒い安物の鞄から暗号文の書かれた用紙を取り出す。きのう吉友に見せられた際にコピーを取って保管していた。

「ええと、まずこちらが、ご存じの通り元の暗号文です」

ニタサユドアイモユヒ
ンレノモンサボ　ク
ケスキマヤヲビスゼ
リケテヲレゼノ　テ
ビキダツリタツボニドア

「暗号文を解く鍵は三つありました。まず一つ目の鍵が、上一段目にある『ビリケン』あるいは『ビリケンニキケ』の文字。この暗号文の中で唯一意味のある文章です。ここから分かるのは『ビリケン』に解読するヒントがあるということ。それと、この暗号文は左上から右下へと読むものだという指示です。たとえば縦書きで、右上から左下へと読むものではないという意味です」

「他府県なら分からないかもしれないが、大阪で書かれたとすると『ビリケン』はまず目に付くだろうな。ましてや初代ビリケン像の隠し場所を示す暗号文だ。なるほど、読む方向か。これ自体もヒントになっていたのか」

不知火は串で暗号文をなぞる。南方も興味深げに覗き込んでいた。

「つ、次に二つ目の鍵ですが、これは彩音先生が通天閣で聞いたビリケンさまにまつわる話です。ビリケンさまにお祈りする際は、足の裏を掻くと聞きました。だからこの暗号文も同じです。足の裏を掻く、つまり文章の終わりから逆に書けという意味です」

「逆に読めということか？　ア、ヒ、ド、ユ、ク、ゼ、テ、ニ？」

「そうです。でもまだ意味が分かりません。そして三つ目の鍵が、このビリケンさまの言葉です」

柔井はそう言って壁の貼り紙を示す。そこには先の通り、『ソースの二度付けは禁止やでー』という吹き出しが付いたビリケンのイラストがあった。

「これはこの店だけの言葉じゃありません。ビリケンさまのいる新世界にある串カツ店のルールです。二度付けは禁止。だから、暗号文に二度使われている文字も禁止です。それを潰していくとこんな形になりました」

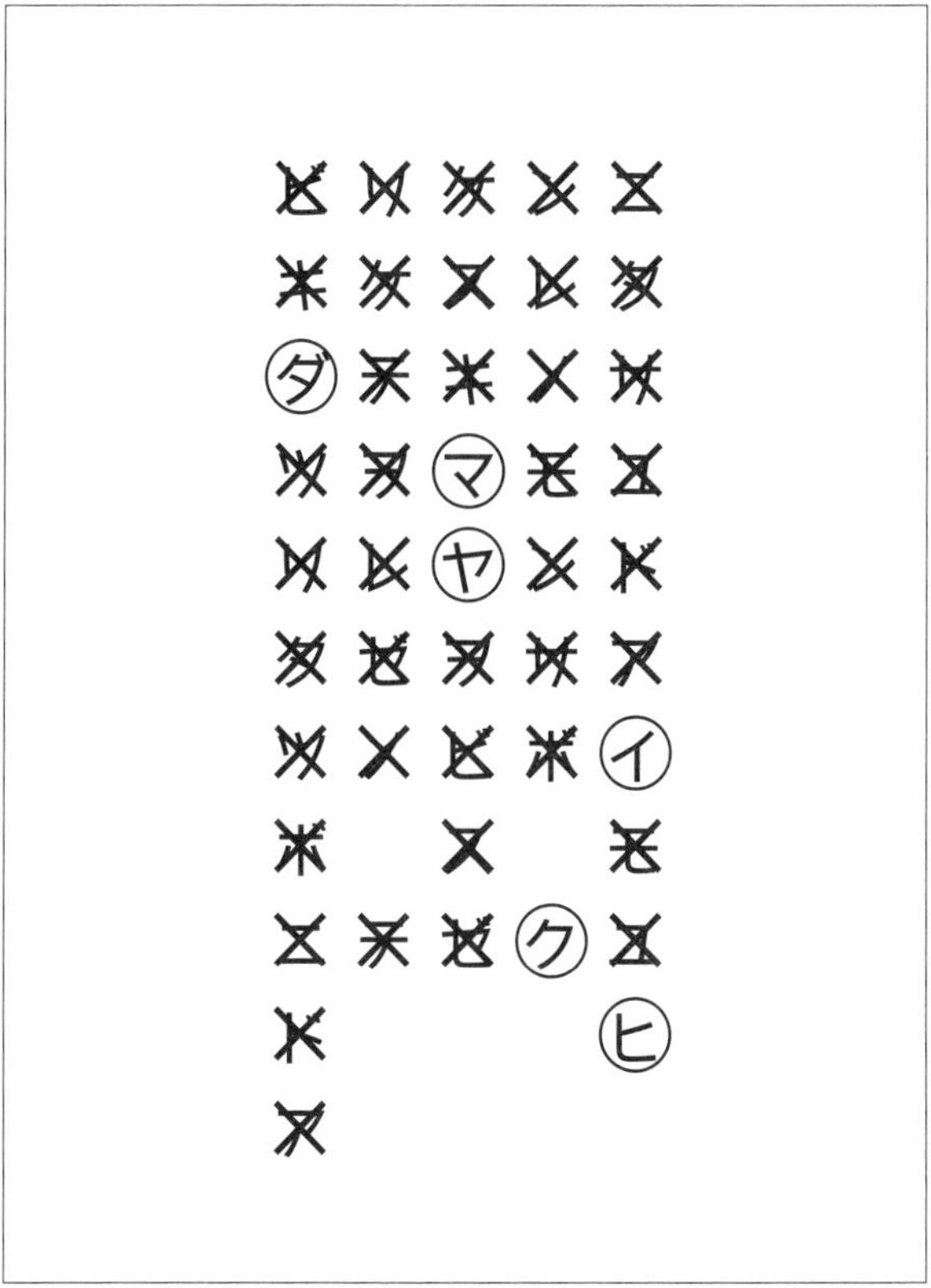
ダ
マ
ヤ
イ
ク
ヒ

「……逆から読むと、ヒクイヤマダ。低い山田、火食い山だ、低い山だ、か」

不知火はそう言って柔井を見る。彼はがくがくとうなずいていた。

「なるほど。それで天保山でござるか！　いやお見事！　あっぱれにござる！」

南方はなぜか時代劇のような口調で褒める。

「南方さん。天保山というのは大阪で一番低い山なのですか？」

「大阪どころか、日本一低い山でござる。いや、さすがは探偵。こんなに早く解決できるとは夢にも思わなかった」

「実際に物が見つかるまではこの解読が正しいかどうかは分かりません。あくまで目的は初代ビリケン像を発見することですから」

不知火は暗号文を見つめながら冷静に返す。

「おいハム太郎。ところでこの暗号文って、どうして後半部が歯抜けになっているんだ？　何か理由があるのか？」

「あ、いえ……ぼくも気になっているんですけど、そこは分かりませんでした。手書きだから、ちょっと離れてしまっただけかも」

「ともかく、手前はこれから吉友さんと猿田君に連絡を取って、天保山へ馳せ参じます。不知火先生、柔井さんも、世話になり申した」

南方はふいに立ち上がって礼を述べる。不知火はやや驚いて顔を上げた。

「あ、早速向かいますか。ではわたしたちも同行します」

「うん？　ああいや、あとは手前どもだけで充分でござるよ」

「いえ、先ほども申し上げた通り、初代ビリケン像が見つかるまではお付き合いします。もし発見に至らなければ調査のやり直しになりますので」

「そ、そうでござるか。……ではまあ一緒に参りましょう。はい」

南方はなぜか目を逸らせて煮え切らない返事をする。不知火は不信感を抱いたが追及しなかった。

一二

天保山は大阪の西、大阪湾沿いにそびえる独立峰である。地下鉄大阪港駅より徒歩約一〇分。同駅は水族館の『海遊館《かいゆうかん》』やショッピングモールの『天保山マーケットプレース』の最寄り駅ともあって、連日大勢の人が集まるレジャースポットになっていた。一方で地名の由来でもある山そのものに関心を持つ者はあまり多くない。なぜなら天保山は標高四・五三メートルという、あまりにも低い山だからだ。

天保山は地面の隆起によって生まれた自然の山ではなく、人間が土を積んで作り上げた人工の山、築山《つきやま》である。天保二年（一八三一年）、主要な航路であった安治川《あじ》の河口にあたるこの地に土砂の処理と入港の目印として築かれた。当時は標高二〇メートルほどあり、付近には町が作られて行楽地として栄えたという。その後目印としての役目を終えて、取り壊しや地盤沈下などを繰り返した結果、現在の高さにまでなった。昭和三三年（一九五八年）には周辺が整備されて天保山公園が開園した。

なお天保山は『日本一低い山』として知られているが、現在は国土地理院の調査により宮城県仙台市の日和山《ひよりやま》のほうが最も低い山として登録されている。こちらも仙台湾に面した築山だが、二〇一一年に起きた震災の被害により標高六・〇五メートルから三・〇メートルにまで低くなった。これにより天保山は現在『日本で二番目に低い山』となった。

日の入りが近づきつつある午後五時過ぎ。不知火と柔井と南方は大阪港駅を出て天保山を訪れていた。駅を出て湾岸へと向かい、水族館の方面を目指す人々とは反対の方向を進む。天保山公園の入口はさすがに階段になっているが、数分かけて上がった先にあるのは展望台とされる高台だった。目指す山頂はその脇を少し下ったところで広場が設けられている。山頂よりも周囲のほうが高いというロケーションだった。

「低いとはいえ山と聞いて心配しましたが、南方さんの仰った通り本当に単なる公園なんですね」

「いかにも。こんなギャグのような名所も大阪ならではでありますな」

南方はぼそぼそと返す。付近の植え込みには『天保山・山頂』と書かれた看板もあるので間違いないようだ。広場の地面には灰色のブロックが敷かれており、一か所だけ十字が刻まれた正方形の石が埋め込まれている。標高を示す三角点であり、ここが山であるという証拠だった。日が暮れ始めているせいか、近くに人の姿はない。車道のほうから複数台のバイクがエンジン音を響かせていた。

「仕事中の吉友さんから、よろしく頼むとメールが来ました。猿田君からも、分かりましたとだけ返事がありました。二人とも勤務中ゆえここには参りません」

「ハム太郎。目当ての物はこの場所のどこにあるんだ？」

「さ、さあ……解読した暗号文には『ヒクイヤマダ』としか書かれていませんでしたから。でも周りにそれらしい物も見当たらないので、やっぱり地面に埋めてあるのかもしれません」

柔井はキョロキョロと周囲を見回しながら答える。地面のブロックを剝がし、三角点を抜いて像を埋めたのだろうか。もしそうであれば発掘作業も難航する恐れがあった。

「おお、ここやここや！」

　声を上げつつ山頂へ若い男女がやって来る。全部で五人。どうやら先ほど聞こえたバイク音は彼らによるものらしい。不知火たちは少し脇へと移動して彼らを通した。

「え？　これ？　これが山頂なん？　めっちゃ低いやん！」

「見て見てこの看板。標高四・五三メートルやて。四五三メートルちゃうで」

「ヤッホー！　いやいや、響かへん響かへん」

　若者たちは口々に騒ぐ。派手な金髪にサングラスの男が三角点を靴の踵で何度も蹴りつけていた。不知火が気にせず目を逸らすと、背を向けて植え込みにうずくまる柔井の姿が見えた。

「何やってんだハム太郎。さっさと探せよ」

「い、いや、ぼくはその、ちょっとああいう人たちは苦手で……」

「放っておけばいいだろ。誰もお前なんて興味ねぇよ」

　不知火にうながされて柔井は腰を上げて辺りをうろつく。若者たちが訝しげな目を向けていた。

「そういえば、南方さん。初代ビリケン像を隠したという人物の名前などは分かっているんですか？」

「は？　な、名前でありますか？」

南方は不意を衝かれたように瞬きを繰り返す。

「吉友さんからは堺市の実業家とだけお聞きしていましたが、名前など他の情報も知っておられますよね？」

「名前は……や、八潮吾平《やしおごへい》さん、だったと思います」

「八潮吾平さんですか。その方の経歴や家族構成などはご存じですか？　彼はどうして初代ビリケン像をどこかへ隠した上に、暗号文などを残しておいたのでしょうか。自ら死期を悟って行ったことだとしても、どこか不自然な気がします」

「さあ……その辺のことは、吉友さんが知っております。手前はそこまでの事情はちょっと分からないであります。いや、もう暗号文は解決したのでありますから、不知火先生も気にすることはありません」

南方は落ち着きなく首をひねったり、うなずいたりを繰り返していた。

「ああ……ここが、ちょっと気になります」

柔井は先ほど目にした看板の裏を指差す。山頂と岸壁との間、ツツジの植え込みが並ぶ地面だった。

「み、見ての通り、ここの地面だけ周囲と少し色が違います。土の質は同じですけど、表面の土と下層の土が入り混じっているような。つまり掘ったり埋めたりした形跡があります」

「わたしには全然分からないぞ」

「じゃあ、ええと、足踏みしてみてください。感触というか、反響が他の場所と違います。何か、土ではなく硬く大きめの物が埋まっています。三〇センチくらい下です」

「やっぱり、わたしには全然分からないぞ」

不知火は足踏みをして同じ言葉を繰り返す。南方も試してみたが同様に首を傾げた。

「でも、お前が言うからにはきっと何かが埋まっているんだろ。三〇センチ下か。掘る道具があったほうがいいな」

「なぁなぁなぁ、自分ら何してんの？」

ふいに先ほどの若者たちがこちらに声をかけて近づいて来る。金髪にサングラスをかけた背の高い男。ぼさぼさの銀髪にヒョウ柄のタンクトップを着た、アイメイクの濃い女。坊主頭で目付きが悪く、黒いTシャツの袖からタトゥーを覗かせた男。後ろには他にも二人、派手な格好の男女がいる。いずれも波音が響く岸辺の公園より、喧噪の絶えない町中の片隅が似合いそうな者たちだった。

「さっきからウロウロして、ここになんかあんの？　それか、おれらの邪魔してんの？」

「何もないわよ。きみたちの邪魔もしないから、気にしないで」

不知火は面倒そうな態度で手を振る。柔井は背を向け、南方は横目で見ていた。

「えー、なんもないことないやろ。おれらが来ても帰らへんし、ずっとこっち見てたやん」

「見てないから。ねぇ、きみたちこそこんな何もないところにいないで、あっちの水族館にでも行ってきたら？」

「なんで？　お姉ちゃんにそんなん関係ないやん。おれらがどこにおってもええやん。ここはみんなの公園やで」

「じゃあわたしたちがいてもいいでしょ。放っておいてよ」

不知火は物怖じせずに言い返す。その冷静な口調に金髪の男が言葉を失った。

「なー、うち聞いてたけど、その辺になんか埋まってんのー？」

銀髪の女が鼻にかかった声で背を向ける柔井に尋ねる。彼は両手で腹を抱えるようにして押し黙っていた。

「なー、兄ちゃん。こっち向いてやー。なんか埋めたーん？　そんなことしてええのー？」

「あ、いえ、ぼくは……」

「ぼく？　うわキモッ！　ぼくやて。あんた小学生か？」

「ねぇ、本当にもう、止めてくれないかな」

不知火が銀髪の女に言う。

「うっさい！　お前に言うてへんやろ！　黙っとけや！」

銀髪の女が急に金切り声を上げて不知火を睨む。柔井の背中が震えていた。

「なんやねんお前、さっきから偉そうに言いやがって！　うちらのことなんやと思ってんねん」

「別に、なんにも。お友達同士で仲良く遊びに来たんだねとしか思っていないよ」

「気持ち悪い言葉で喋んなや！　バカにしてんのか！　そっちのオッサンもなんか言えや！」

「おい、止めとけや」

金髪の男が制する。南方は眉をひそめて黙っている。銀髪の女はそれでも火が付いたように喚き散らした。

「なんでうちに言うんや！　さっきこいつら、地面を掘ったとか埋めたとか言ってたやろ。公園でそんなんしたらアカンやろ！　エコやで！　環境破壊やで！」

「あなたには関係のないことでしょ？」

「あるわボケ！　大阪にゴミ捨てんなや！　うち、いとこの兄ちゃん府警におるから言うで。お前ら名前言えや！」

「おいハム太郎」

不知火は呆れ顔で声をかける。柔井は背を向けたまま首を振る。

「鬱陶しいから、こいつらをどこかへ埋めてこい」

「む、無理です」

「じゃあお前が埋められてこい」

「はぁ？　お姉ちゃんいま何言うたんや、こら」

金髪の男が下から覗き込むように睨む。不知火は軽蔑するような目で見返した。

「不知火先生、ちょいと……」

これまで静かにしていた南方が小声で呼びかける。

「このままでは埒《らち》が明きません。ここは一旦、我らはこの場を立ち去ってはどうかと」

「こんなことで調査を中断することはありません。放っておけばいいですよ。それとも追い払いましょうか？」

「いやいや、揉め事はご遠慮願いたい。きのう吉友さんが申した通り、我らは穏便に事を運びたいのであります。もし、ここにあれが埋まっていたとしたら、彼らに見られるのは困ります。それに公園から穴を掘る許可を得ていないのも事実であります」

「ではどうしますか？　時間を置いて彼らが帰るまで待ちますか？」

「いっそ日をあしたに改めてはいかがかと。いずれにせよシャベルも持って来なければなりませぬ。それにもうすぐ日も暮れます。穴を掘らなければならぬと分かった以上、ライトを付けて調査するのも困難であります」

「しかし……」

「どうかここは、拙者の顔にも免じて」

南方は時代劇で侍が姫に言い聞かすような口調で語る。向こうでは柔井が耳を押さえてしゃがみ込んでいる。外部からの刺激を一切受け付けない鉄壁の体勢。聞き分けのない子どものような姿だった。

「……まあ、南方さんがそう仰るのなら、仕方ありませんね。出直しましょう」

「かたじけない。どうか堪えてくだされ。あしたなら吉友さんも参加できると申しておりました」

南方は膝に手を置いて頭を下げる。不知火は溜息をついて了解すると、柔井の手を掴んで無理矢理立たせた。

「立てよ、ハム太郎。帰るぞ」

「は、はい。喜んで」

柔井は居酒屋の店員のような返事をして立ち上がる。そして若者たちとは目を合わさないよう横歩きで移動した。

「おいおい、なんやねんお前ら。帰んのかこら」

金髪の男が嘲るような声で呼びかけるが、不知火は無視する。

「おい、なんとか言えや。逃げんのかー」

銀髪の女が追い打ちをかけると、不知火は振り返って冷たい目差しを向けた。

「そりゃ逃げるわよ。山の中でヤマンバに出会ったら、逃げるに決まっているじゃない」

「待てやこら！　誰に言うてんねん！」

「あなた、せっかく可愛らしい顔をしているんだから、もうちょっとお洒落しないともったいないよ」

不知火は顔を戻してさっさと立ち去る。背後から女の甲高い声が響いていたが、男が止めているらしく追いかけて来ることはなかった。

一三

思わぬ妨害により調査を中断させられた翌日。約束しておいた昼過ぎの時刻に不知火と柔井は再び天保山へと訪れた。当然ながら、きのう見た若者たちはもうおらず、平日の午後とあって他の来園者の姿も見かけない。数十歩の登山を経て山頂へ向かうと、眼鏡をかけた優男の吉友と、スポーツ刈りの頭に猫背気味の猿田が既に待機していた。二人は柄の長いシャベルを手に、なぜか浮かない顔を見せていた。

「こんにちは、吉友さん、猿田さん。お待たせして申し訳ございません」

「ああ不知火先生、わざわざすみません。いえ、ぼくたちが予定より少し早く着いただけですから」

吉友は表情を笑顔に変えて挨拶する。猿田も無言のまま顎を引いて会釈した。

「南方君は仕事を抜けられないようなので、きょうはぼくたちが来ました。先生、柔井さんも、早速暗号文を解読していただいてありがとうございます。もちろん頼りにしていましたが、こんなにも早く解決してもらえるとは思いませんでした」

「逆から読むとか、二つある言葉を消すとか、考えてみれば大した謎々でもなかったけどな」

猿田が柔井に向かって負け惜しみのような台詞を吐く。柔井は日に日に体調が悪化しており、九月後半の陽気にも拘わらず地面にしゃがみ込んで小刻みに震えていた。不知火は気にせず吉友に話しかける。

「南方さんから詳しい話はお聞きになりましたでしょうか。きのうはここ天保山だけでなく、隠したと思われる位置も見つけていたのですが」

「聞いています。ただ、それについてまた困ったことになりました」

吉友はそう言って少し脇に避ける。背後にはきのうと同じく山頂を示す看板が見える。その裏手の地面にはすでに大きな穴が開いていた。

「あら、もう掘ってあるんですか？　まさか誰かが先に？」

「いえ、これはさっきぼくたちが掘り返しました。場所が分かっているなら先生たちを待つ必要もないと思って」

「そうですか。それで、どうでしたか？」

「お陰さまで。柔井さんの解読に間違いありませんでした」

吉友はそう言って足下から小さな缶箱を持ち上げる。直方体をしており表面には赤錆《あかさび》が浮いている。贈答用などで目にすることもある菓子箱のような入れ物だった。

「それが埋められていたんですか。ずいぶんと小さいようですね」

「そうです。初代ビリケン像ではありません。第二の暗号です」

吉友はそう返すと缶箱の蓋を開ける。中には折りたたまれた一枚の紙だけが入っていた。

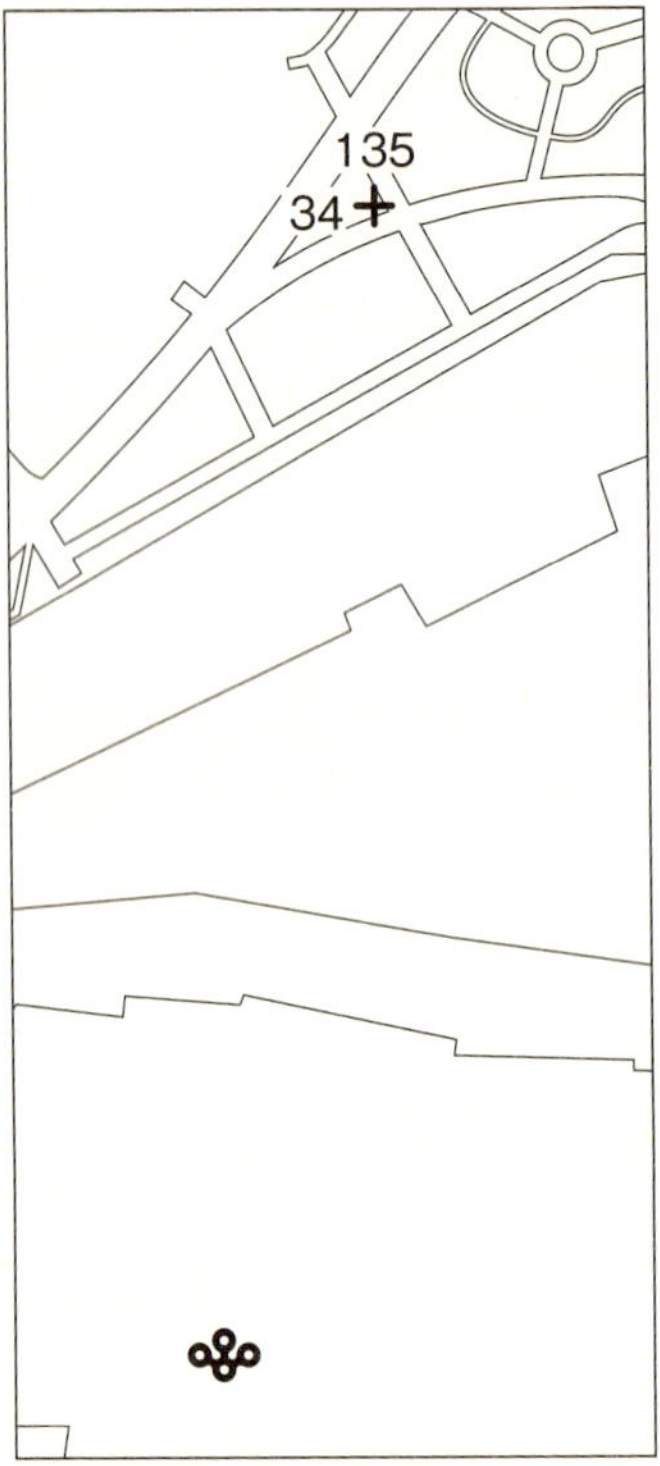
135
34

「これだけですか？」

「これだけです。他には何も入っていませんでした」

白い紙には何やら模様のような絵が手書きで描かれている。先に解読した暗号とは違い文字は書かれていない。ただ絵の上部に十字のマークがあり『135』と『34』という数字だけが記されていた。

「紙の大きさや材質から見ても、やはり先の暗号文と同じ者が残したものだと思います。暗号を解いた先に、また新たに暗号が隠されているとは思いませんでした」

吉友は眉を寄せて溜息をつく。不知火はじっと紙片を見つめた。

「思ったより厳重に隠されているようですね。手に入れたければこの暗号図も解いてみろということでしょう。上の辺りにある十字マークの位置に隠してあるのでしょうか」

「不知火先生、何か分かりますか？」

「……何か絵の一部のように見えます。シンプルに考えるなら、地図ではないでしょうか」

不知火はしゃがみ込んでいる柔井の懐に暗号図をねじ込んだ。

「ぼくもそう思います。しかし縮尺も書かれていないので、どれくらいの広さを示しているのかも分かりません。これだけで場所を見つけるとなると難しいですね」

「いいえ、地図と特定するならば解読は困難ではありません。これまでの経緯から見ても隠されている場所は大阪、広く見ても関西のどこかでしょう」

「それで言うと、暗号図の下のほうにある丸が四つ並んだ形は大阪府のマーク、府章ではないでしょうか」

「それなら大阪の地図である可能性が高いですね。あとはこの絵に合う場所を丹念に探せばいずれ見つけられます。必要なのは根気です。第一の暗号文が回答者の発想を求めていたことに対して、この第二の暗号図は辛抱強さを求めているのかもしれません」

「そういう考えもありますね。時間はかかりますがみんなで探してみましょうか」

「吉友さん、それじゃ探偵に頼む意味なんてないじゃないですか？」

不知火と吉友の会話を遮るように猿田が声を上げる。

「おれたちは暗号を解いてもらうために、金を払ってまで探偵に調査を依頼したんですよ。それなのに、なんでおれたちまで仕事しなきゃならないんですか。おかしいですよ」

「猿田君。こういうのはみんなで協力したほうが早いに決まっているだろ」

「地図とにらめっこするだけでいいなら、探偵に頼ることもないって言ってるんですよ」

「アルバイトでも雇おうと言うのか？　しかし、見ず知らずの者たちを新たに雇うのは心配だ。いまのご時世、誰がどこで情報を漏らすか分からない。フロイト総研さんならその点は安心だと思っている」

「もしよろしければ、こちらで信頼の置ける調査員を増やすこともできますが」

不知火が言うと猿田は不満げな表情を見せた。

「それだって、また追加で金のかかる話だろうが」

「猿田君、きみはいったい何が言いたいんだ？」

「それじゃあ言わしてもらいますけど、こんな暗号図、おれでも簡単に解けますよ」

猿田はそう返すと柔井の手から暗号の紙を引ったくる。

「ほら、見る気がないなら、さっさと返せよ」

「あ、ご、ごめんなさい……」

柔井はしゃがんだまま怯えるように顔を伏せた。

「猿田君、この暗号図を解けるって本当か？」

「嘘じゃないですよ。おれの推理だと、ざっと見て梅田のどこかに間違いないですよ」

「梅田？」

梅田は大阪市北区の繁華街、大阪駅を中心とした一帯の名称だ。

「いいですか。この絵じゃ色が付いていないから分かりにくいけど、横に二本走っている道は川ですよ。上が堂島川《どうじまがわ》で下が土佐堀川《とさぼりがわ》です。だから二本の川に挟まれた場所は中之島《なかのしま》です。その北側に印が付いているということは、この場所は梅田に決まっていますよ」

猿田は暗号図を指で示しながら説明する。吉友は顎に手をかけて、ふむと唸った。

「確かに、似ているようにも見えるな。じゃあ北にある模様は道路か？　こんな形になっていたか」

「国道一号と御堂筋《みどうすじ》が交差する辺りってこんな感じじゃないですか。それこそ地図を使って調べればすぐに見つかりますよ」

「川を渡る橋は描いていないのか？　それに右上にあるような丸い場所なんてあったか？」

「じゃあきっと地下道です。多分泉の広場がある辺りですよ。地下道を描いているから地上にある道や橋は描いていないんですよ」

「なるほど、理屈は合っているな」

「どうですか吉友さん。こんなの探偵じゃなくてもすぐに分かりますよ」

猿田は強気な態度で断言する。どうやらそう見えなくもないらしく、吉友も即座に否定はしなかった。一方、土地勘もなく、そもそも解読する気もない探偵助手の不知火は、特に焦る様子もなく足下に目を向ける。柔井はツツジの植え込みに隠れるように膝を抱えて座り込んでいた。

一四

「おいハム太郎。お前の考えはどうだ？」

　不知火は柔井に向かって声をかける。彼は座った状態のまま青ざめた顔を上げて、うつろな目を向けていた。吉友と猿田も彼を見下ろす。きのう第一の暗号文を解いたのは彼だと南方から聞いていた。

「は、はい。なんでしょうか？」

「地縛霊の物真似ならあとにしろ。気づいたことを言ってみろ」

「気づいたこと……はい、ぼくは近ごろ、とても気分が悪いです。でも不思議なことに夜の間はかなり楽になるんです。だから治ったのかと思うのですが、朝になって仕事を始めた途端に、胸が苦しくなって、胃が痛くなって、寒気がしてくるんです。どうしてでしょうか……」

　柔井はぶつぶつと話して大きく溜息をつく。不知火は膝を曲げて彼の頰を突いた。

「誰がてめぇの体を診断しろって言った。そんなもん知るか。事件について何か言えよ」

「事件について……はい、それならぼくは、一つ気になることがあります」

「なんだよ」

「……さ、猿田さんは、どうして関西弁じゃないんですか？」

「はぁ？」

猿田が思わず声を上げる。吉友もさすがに肩を落として呆れた。

「なんだよそれ。お前、おれの話し方が気に入らないって言うのかよ」

「いえ、ごめんなさい。ただその、大阪の地理に詳しいようだし、通天閣愛好会にも入っているのに、どうしてかなと気になったので……」

「猿田君は関東の出身だからね。埼玉だったかな？」

吉友は苦笑いを見せて説明する。猿田は憮然とした表情でうなずいた。

「でも彼は長くこっちに住んでいるから、大阪の町には地元の者より詳しいくらいだ。愛好会へも自ら入ってくれるほど大阪好きだしな。でも、なかなか言葉遣いまでは変わらないものだよ」

「はぁ、そういうものですか。じゃあ、吉友さんも？」

「ぼくか？　ぼくは大阪の人間だよ。でも仕事であっちこっちへ行っているから、標準語に慣れてしまったんだ。まあ、友達と居酒屋で話をしていたら戻るけどね」

「そういうお前だって、奈良県民なのに標準語じゃねぇか」

猿田は不機嫌そうに言う。柔井は、もっともですと答えて口籠もった。

「柔井の場合は、昔から引っ込み思案で人と接する機会が少なかったので、関西弁が身につかなかったんですよ」

不知火が説明する。吉友は少し興味を抱いて尋ねた。

「不知火先生。人と接する機会がないと標準語になるんですか？」

「標準語になるのではなく、会話の基準となる言葉が変わるんです。方言が飛び交う中で生まれ育った人間は、その方言が会話の基準になるのは当然です。では、それを避けてきた人間はどこで会話の基準を身につけるかというと、テレビやラジオなどのメディアを頼ることになります。その結果、本人も標準語に慣れて方言が使えなくなるんです」

「吉友さん、そんな話どうだっていいでしょうが」

猿田がうんざりとした表情を見せる。

「こんな探偵どもは放っておいて、ともかく梅田へ行ってみましょう。きっとすぐに見つかりますよ」

「そうだな、とりあえず可能性がありそうなところから当たってみるか。不知火先生もご一緒いただけますか？」

「わたしは構いませんが、おいハム太郎、それでいいのか？」

「はぁ……いいですけど。梅田へ行って何をするんですか？」

柔井はぼんやりとした顔で答える。とっさに摑みかかろうとする猿田を吉友が素早く押さえる。しかし同時に、不知火が平手で柔井の後頭部を叩いた。

「それ以上ボケると海へ突き落とすぞ」

「ごめんなさい。ええと、でも、梅田がどうかしたんですか？」

「だから、二枚目の暗号図の場所だろ。猿田さんが梅田の地図に違いないって言っているんだ」

「ああ、暗号図の場所……。いえ、あれは梅田ではないと思います」

柔井は後頭部を押さえながら答える。三人は一斉に目を丸くさせた。

「どういうことだ、ハム太郎。梅田の地図じゃないのか？」

「お前、いい加減にしろよ。適当なこと言ってんじゃねぇよ」

猿田が苛立たしげに足踏みをする。柔井は肩をすくめてうつむいた。

「ごめんなさい……でも、梅田とは似ても似つかないと思うんですけど」

「お前、大阪の地図を見たことあるのかよ。おれより詳しいって言うのかよ」

「そ、そんなことないです。じゃあ、はい、梅田でいいです。行きましょう」

「わけの分からない妥協をするんじゃねぇ」

不知火が柔井の襟首を摑んで無理矢理立たせる。彼は首筋を摘まれた猫のようにだらりとしていた。

「ハム太郎、梅田じゃなかったらどこだよ。はっきり言えよ」

「は、はい。ええとあれは……はっきり言って大阪城の辺りだと思います」

「大阪城だって？」

吉友は驚いて暗号の紙を見直す。猿田も背後から覗き込んだ。

「どこが大阪城だよ。お前ちゃんと見たのかよ」

「待て猿田君。柔井さん、ひょっとしてこの左下の記号は大阪城を示しているのか？」

「あ、はい、そう思います。地図の中で大阪府のシンボルを示す場所となると、大阪府庁とか大阪城とかがふさわしいんじゃないでしょうか。それに、確かそのマークって豊臣秀吉が馬印に使っていた『千成瓢簞《せんなりびょうたん》』を図案化したものです。秀吉に縁のある場所といえばやはり大阪城になります」

「なるほど、確かに大阪城の北も二つの川の合流地点だったな。じゃあそのさらに北となると、十字マークは京橋あたりになるか」

「いえ、その二つの筋は川ではありません。大阪城の内濠《うちぼり》と外濠《そとぼり》です」

「あ、そうなのか。じゃあ、外濠の北にある大阪城公園の中を示しているのか」

「はい、大阪城公園だと思います。でもそっちは北ではありません」

「絵の上が北じゃないのか？　どうして分かるんだ？」

　不知火が尋ねる。

「それは、十字マークの周りに書かれている、『34』と『135』の数字です。これは地図で使う緯度と経度の数字です」

「ああ、そういうことか。じゃあその数字が交わるところが十字マークの場所になるのか」

「いいえ、それでは数字の単位が大きすぎます。大阪府はほとんどが北緯三四度、東経一三五度の中に収まっています。でも北緯三四度〇〇分〇〇秒、東経一三五度〇〇分〇〇秒が交差する場所は、確か和歌山県の西の辺りで海の真ん中です。だから暗号図の中で示されているのは、場所ではなく方角です。十字マークの『34』を北、『135』を東として、地図もそれに合わせよと伝えているんです」

「本当だ。柔井さんの言った通りだ」

　吉友が声を上げてスマートフォンの液晶画面を向ける。地図アプリを使って実際の場所を確認していたようだ。

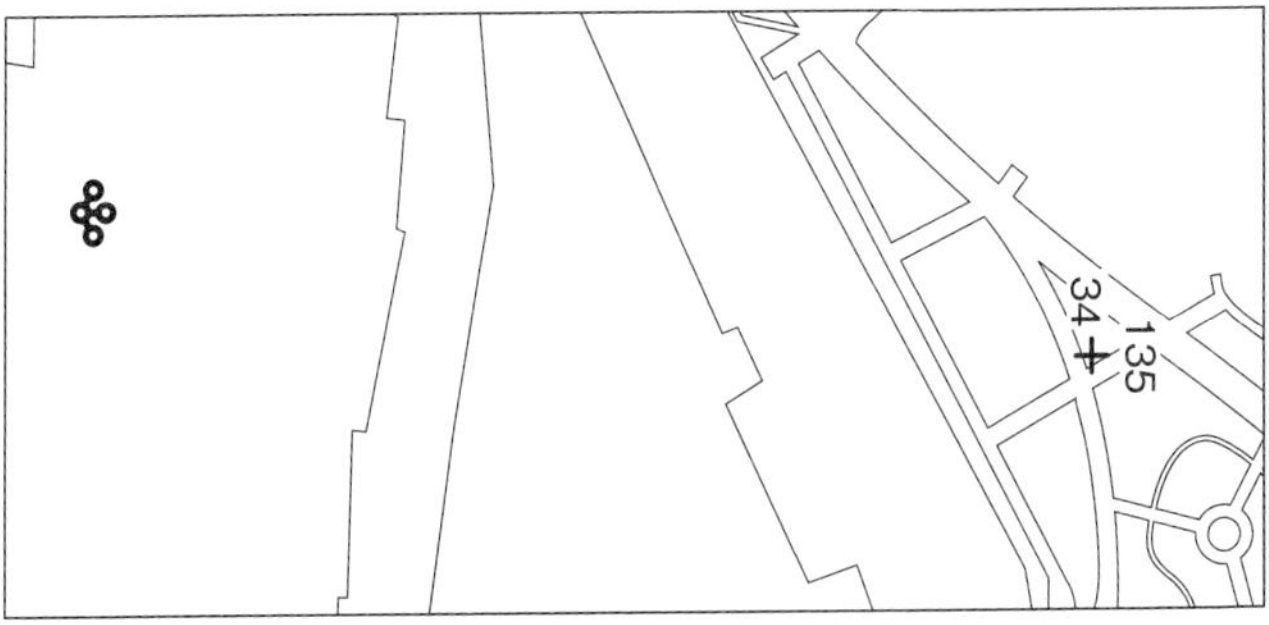
34
135

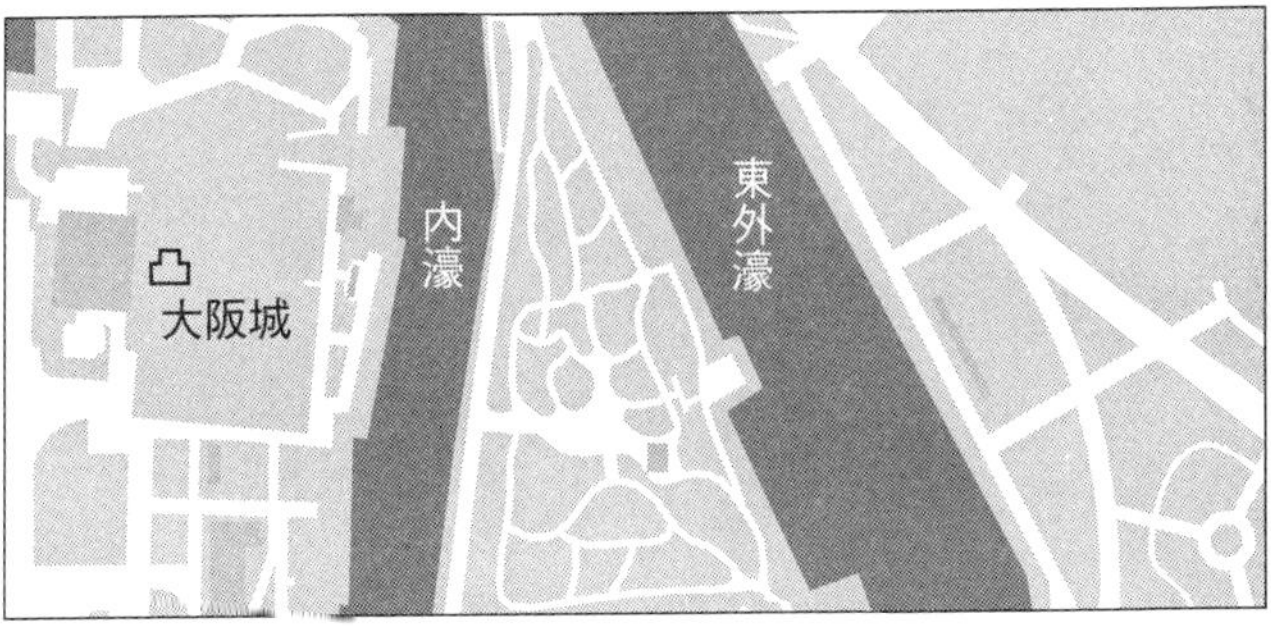
大阪城
内濠
東外濠

「暗号図を横にすれば完全に一致した。遊歩道らしい模様の形も同じだ。この暗号図は大阪城公園の中を示しているんだ」

「そ、そうですか。良かったですね」

柔井は疲れた笑みを浮かべる。猿田が舌打ちをして地面に唾を吐いた。

「そんなの、たまたま思いついただけだろ」

「暗号解読は知識の量と発想の転換が肝腎です。たまたま思いついたものであっても、その真相を導き出せるのが探偵の能力です。もちろん、猿田さんが地図を梅田界隈と見間違えたことも重要なヒントになっています。一瞬にして二本の筋を川と見立てたのはお見事です」

不知火は探偵の成果を示しつつも猿田を褒める。どうも彼は探偵に調査を依頼することを好ましく思っていないようだ。

「早速、現場に向かいましょう。と、言いたいところですが、ひとまずこちらを何とかしないといけません」

吉友はそう言って振り返る。天保山の看板の裏には掘り返した穴がそのまま残っていた。

「このまま放っておくと誰に何を言われるか分からない。猿田君、掘った土を集めて埋め直してくれ。ぼくは一応、南方君にメールを送って経緯を伝えておくよ。まあ仕事中だろうけど。不知火先生、少し待っていてください」

「おいハム太郎。お前も手伝えよ」

不知火に言われて柔井はノロノロとシャベルを手にする。しかし手際よく作業をする猿田には相手にされず、結局は案山子《かかし》のように立ち尽くしているだけだった。

一五

大阪城は大阪の中心、中央区に建つ古城である。豊臣秀吉ゆかりの城として知られているが、実際には秀吉時代の城は大坂夏の陣で焼失しており、現在のものは江戸時代に新たに建て直されていた。さらに最も目を引く天守閣は昭和の初めに復興されたものであり、その内部は当初から博物館となっていた。そのため秀吉がこの城を見上げたこともなければ、最上階の展望台から城下町を見下ろしたこともない。しかしその現実もまた、露と消えた天下人の儚《はかな》さを思い起こされるのか。いまも大阪城は浪速の象徴として多くの観光客を集めていた。

天保山のあった大阪港駅から地下鉄に乗った四人は、大阪城の最寄り駅である森ノ宮駅で下車する。城の周辺は大阪城公園として整備されており、コンサートホールや野球場、野外音楽堂などを有する敷地となっていた。

「こっちは平日でも人が多いな」

スマートフォンと暗号図を手にした吉友が先導して公園内を進んで行く。周辺には若いカップルから老夫婦、自転車を走らせる男、乳母車を押す女、スーツ姿の会社員、ジョギングをする中年男と雑多な人々が行き来していた。観光地であり、公園であり、企業や住宅地にも囲まれた環境なので、さまざまな人間の姿が見える。もう少し時刻が進めば学校帰りの学生たちも立ち寄ることになるだろう。

「また地面を掘り返すことになったら、目立つだろうな」

吉友は思案げな表情でつぶやく。

「手早くやれば誰も気にしないですよ」

シャベルを持った猿田が気楽そうに返す。吉友はうなずいたものの表情は変わらなかった。

「吉友さん、実際に初代ビリケン像が見つかったらどうしますか？」

不知火が隣を歩いて尋ねる。

「それとなく持ち帰って保管しておきます。そして、しかるべき時期を待ってから発表します。ここでいきなり見つかったぞと騒ぎ立てるつもりはありません。まずは通天閣の運営会社に伝えて都合を聞きたいと思います」

「そのほうがいいでしょうね。うまくいけば大きな話題にもなりそうです」

「フロイト総研さんもそのようにしていただけますね？　もし発見してもこちらが動くまで、

それが半年先になるか一年先になるかは分かりませんが、それまでは秘密にしておいていただけますね？」

「探偵事務所ですから、その点はご安心ください。むしろわたしたちの名前を出すよりも、愛好会の皆さんだけで暗号を解読したとするほうがよろしいのではないですか？」

「しかし、それではフロイト総研の手柄を取るというか、実績にならないんじゃないですか？」

「ことさらに実績をアピールする探偵事務所は信用されません。わたしたちは依頼者の希望を最優先に活動しています」

「そう言っていただけるなら、ぼくたちもそのほうが助かります。柔井さんも、それでいいですか？」

「もちろん。そもそも彼の話など誰も耳を傾けませんのでご安心ください」

不知火は流れるように辛辣《しんらつ》な言葉を述べる。柔井は三人のやや後ろのほうで、シャベルを杖代わりにして足を引きずっていた。

暗号図に十字マークで示されていた地点は樹木の生い茂る遊歩道の途中にある。黄葉《こうよう》するにはまだ早いイチョウの木々が緑の木陰を作っていた。往来する人の姿はやや少なくなり、これなら林間で穴を掘っていても目立ちにくいと思われる。ところが目当ての場所は、その手前から赤いカラーコーンと虎柄のカラーバーで封鎖されており、中へは侵入できないようになっていた。

「なんだこれは？　入れなくなっているぞ」

「誰がやったんだ？　気にすることないですよ」

猿田はためらいなくカラーバーをまたいで中に入る。途中には『作業中』と書かれたスタンド看板が立っていた。

「何か工事をしているようですね」

不知火が不思議そうにつぶやく。目標地点まであと少しというところで阻まれてしまった。

「ああ！　すんまへん。ちょっと出とってもらえまっか！」

薄緑色の作業着に身を包んだ男が、遠くから猿田に向かって大声で呼びかける。ずんぐりとした大柄な男で、頭に黄色いヘルメットを被り口元に白いマスクを着けていた。

「出て行けってなんだよ。工事中か？」

「そうです。いま他のもんはおりまへんけど、工事をやっとりますねん。せやから、ちょっと入らんとってください。すんまへんな」

男はしゃがれた声だが愛想良く関西弁で答える。吉友にうながされて猿田も大人しくカラーバーの外へ出た。

「なんの工事をしているんですか？」

「歩道の整備です。アスファルトに穴が空いて脇道のブロックも崩れとる言うて、直しとるんですわ。なんでっか？　どないかしたんですか？」

「いや……地面に穴を掘るつもりですか？」

「いやいや、穴を掘るんやなくて埋めるんですわ。もうすぐトラックも到着します。ぼくは留守番をしとるんですわ」

「困りましたね、不知火先生」

吉友は小声で不知火に相談する。彼女は工事現場の状況をじっと見つめていた。

「見たところ、暗号図のポイントからは少し外れているようですね。工事の途中にうっかり発見されてしまうことはなさそうです」

不知火は作業着の男を見て尋ねる。

「工事はどれくらいで終わりそうですか？」

「さあ、ぼくにはよう分かりまへん。日暮れまでと違うかなあ。間に合わんかったら夜までかかるかもしれまへんけど」

「そうですか……」

「どないかしたんですか？　なんぞやるんやったら、いまのうちに済ませてもろてもいいですよ」

「いや結構。ありがとう」

吉友は手早く断ると猿田と不知火を呼んで男から離れる。まさかこの場で地面を掘り返すわけにもいかなかった。

「作業が終わるまで待つしかなさそうですね。仕方ない。ひとまず解散しましょう」

「それほど長くはかからないようですから、どこかでしばらく時間を過ごしてからまた集合しますか？」

不知火が尋ねる。吉友は少し考えてから首を振った。

「いや、それならまた日を変えよう。いまの男も作業がいつまでかかるか分からないと言っていました。だからきょうはもう止めにして、あすの朝にでもまたここに集まろう」

「ああ、おれもそのほうが助かります。夜から仕事に入れるし」

猿田がシャベルで地面を突きながら答える。

「不知火先生もそれでいいですか？　いや、あしたは別に来ていただかなくても構いませんが」

「お二人がよろしければ、わたしもそれで結構です。ご依頼を受けた責任がありますので、あすもここへ参ります」

「大丈夫ですか？　柔井さんもかなり体調が悪いみたいですよ？」

柔井はしゃがみ込んでシャベルに寄りかかっている。体の弱い探偵などあり得ないことだが、これまで二つの暗号を解読しただけに依頼者としては無視できない存在だった。一方、不知火は心の底から鬱陶しそうな顔で見下ろしていた。

「彼のことなら心配いりません。おいハム太郎、シャベルをお返ししろ」

「はい……でもぼくは、支えがないともう立ち上がることもままなりません」

「その辺の棒切れでも拾っとけ。それでは吉友さん、猿田さん、またあすの朝ここへ来ます」

「何度も足を運んでもらってすみません。よろしくお願いします。今度こそ見つけましょう」

「こちらこそ、よろしくお願いします」

不知火は真摯な態度で頭を下げる。吉友はうなずき、猿田も片手を上げて返事をした。

吉友と猿田はその後二人で喫茶店へ行くと言ったので、不知火と柔井はその場で別れて駅へと戻り始める。公園内は次第に人の数が増えつつあり、いずれにしても穴を掘るには不向きな状況となっていた。

「どうも、納得できねぇな。あいつら、何を考えているんだ？」

不知火は歩道を闊歩《かっぽ》しながらつぶやく。調査に関してどこか説明できない違和感を抱き始めていた。

「目立たずにこっそりと発掘したい。初代ビリケン像が発見されてもしばらくは隠しておきたい。理由はよく分かるが、何か怪しい気がする。おいハム太郎、お前はどう思う？」

不知火は立ち止まるなり振り返って声をかける。柔井ははるか遠くで拾った棒を支えにゆっくりと歩いていた。

「お前はお前で、なんなんだよ。生まれたての子鹿でももう少し早く歩けるぞ」

「ご、ごめんなさい……。この道、さっきよりも急になっていませんか？」

「そんなわけねぇだろ。わたしの質問に答えろ。あいつらをどう思うって聞いてんだよ」

「はぁ、とても親切な方たちです。ぼくの体調まで気遣ってくれています。だいたいぼくはこういう調査が苦手なんです。ぼくは、アームチェア・ディテクティブ、事務所の椅子に腰かけて、物静かに推理を巡らせる探偵のほうが向いていると思います」

「お前の椅子に肘かけなんて付いてねぇだろ」

不知火が呆れた声で返す。柔井は、「そうですね」とつぶやきつつ彼女の下まで辿り着いた。

「どうもお待たせしました。それで、なんですか？」

「だから……おい、西天満ってどう行くんだ？　ここから近いのか？」

不知火は先ほどとは別の質問をする。柔井は不思議そうに首を傾げた。

「え、西天満？　ぼくらは奈良へ帰るんじゃないんですか？」

「愛好会の奴らが、西天満の骨董店であの暗号文を手に入れたって話していただろ。ついでにそっちも当たってみるぞ」

「い、いやでもぼくは……」

「探偵はあちこち動き回るのが仕事だ。てめぇの革靴がスリッパになるまで歩かせてやる」

不知火はそう言い捨てると、悲壮感の漂う柔井を置いてさっさと駅を目指した。

一六

西天満は大阪城の北西、大阪市北区の南寄りに位置する町である。東には地名の由来となった大阪天満宮や、日本一長い商店街とされる天神橋筋商店街があり、西には関西有数の歓楽街、北新地が広がっている。毛色の異なる二つの土地に挟まれたこの町はどこか控え目で、古き良き大阪の情緒感を漂わせている。そして町を横断する老松《おいまつ》通りの周辺は古美術、骨董の店舗が建ち並ぶ一帯として知られていた。

地下鉄南森町《みなみもりまち》駅から西天満へと向かった不知火と柔井は、人通りもまばらな老松通りの入口から調査を始める。依頼を受けた日に聞いた吉友の話によると、一枚目の暗号文は西天満にある萬定堂という骨董店にて、萬屋定吉という店主から買い取った物だという。またそのあとに聞いた南方の話によると、初代ビリケン像を隠して暗号文を作成したのは八潮吾平という者だった。

「店舗マップにも萬定堂という店は見当たらないな」

不知火は通りの入口で手に入れた店舗紹介のミニチラシを見つめる。ひしめくように並んだ店舗の名前に該当するものは見つからなかった。

「ここには書かれていない店があるのか、他の通りなのか……。おいハム太郎、お前は周辺を回って、萬定堂という店がないか探してこい。一軒一軒見て行くんだぞ。ビルの中も忘れるんじゃないぞ」

「はい、え、ぼく一人ですか？　二人で手分けしたほうが早いですよ？」

「狭い界隈で二人もうろつき回っていたら怪しまれるだろ。分かっていると思うが、誰かに聞かれても探偵だなんて名乗るんじゃねぇぞ。依頼内容を話すのも厳禁だからな」

「た、探偵でなければ、ぼくはいったい、なんなんですか？」

「知るか。『町歩き探検隊の者です』とでも言っておけ。誤魔化せなかったらヘラヘラ笑って逃げろ」

「彩音先生は……」

「わたしは、適当な店に入って聞き取り調査をしてみるよ。骨董店となると、看板を出しているとも限らないだろうしな。一見さんお断りで、ひっそりと営業しているのかもしれない」

「そ、そっちのほうが、楽そうですね」

「じゃあ代わってやるよ。骨董蒐集《しゅうしゅう》で鍛え抜かれた目利きをかわして、必要な情報だけを余すところなく手に入れてこい」

「……やっぱり歩き回ってきます」

柔井は諦めて一人で通りを歩き始める。不知火は少し周囲を見回したあと、『古美術・富《と》永《なが》』と看板のかかった店へと向かった。入口の引き戸が開放されており比較的入りやすい雰囲気がある。通りに面したガラス張りのショーケースも綺麗に掃除されていた。

「いらっしゃい」

店に入るなり奥のスツールに腰かけていた老人が挨拶する。白髪頭に丸い老眼鏡をかけて、紺色の作務衣を着ていた。丸テーブルを挟んだ向かいには恰幅《かっぷく》の良い横分けの中年男が座っている。不知火が会釈して陳列棚の品物に目を向けると、男たちは気にせず談笑を始めた。

店内には暗いオレンジ色の照明が灯っており、陳列棚もその中の品物も濃淡の異なる茶色を基調としている。まるでセピア色の古い写真の中に入り込んだような光景だった。

「べっぴんはん、お茶でもどうでっか？」

白髪の老人が会話を止めて不知火に呼びかける。返事を聞く前から既に湯飲みに茶を注いでいた。

「ありがとうございます。いただきます」

不知火は穏やかな笑みを浮かべて礼を言う。老人と中年男は顔を見合わせると、互いに歯を見せて笑った。

「でも、すみません。わたしは買い物に来たわけでも売りに来たわけでもないんです」

「ええがな、ええがな。ほんなら何か探し物に来たんやな」

「そうです。ちょっとお尋ねしてもよろしいでしょうか？」

不知火は中年男のほうを見て確認を取る。

「ええとこに来はったな。ここのおっちゃんはなんでも知ってはるよ」

白髪の老人が言う。中年男は「よう言うわ」と返して三人で笑った。

「実はわたし、萬定堂というお店を探しているのですが、ご存じでしょうか？　西天満にあると聞いたのですが」

「萬定堂？……いや、知りまへんな。この辺では聞いたことない名前や」

老人はさほど間を空けずに答える。中年男も不思議そうに首を振った。

「名古屋に一軒、そんな名前の店があったと思うけど……」

「名古屋ですか？　そこは違うと思います。大阪にはありませんか？」

「聞いたことないなあ。ぼくは業者やから、たいがいの店は知っとるけどねえ」

中年男は胸ポケットから手帳を取り出してパラパラとめくる。

「……でもまあ、知らん店も多いさかい、絶対にないとは言えまへんけど」

「萬屋定吉、という方が店主のようです。こちらはどうですか？」

不知火は続けて質問する。だが二人の男は顔を見合わせて首をひねった。

「いや知りまへんな。萬定堂の萬屋定吉？　わしは聞いたこともありまへん」

「お客さん。こちらの富永さんが知らんかったら、まあ誰に聞いても分かりまへんで」

「そんなことはないけど。わしら骨董屋は横の繋がりが強いよってにな。縁日とか骨董市とかに顔を出していたら、まあ顔見知りにはなりますわな」

「素人さんのコレクターとか、そういう人と違いますか？　インターネットオークション専門の業者とか」

「ああ、そういうのやったら知らんよ。インターネットは分からん。わしも大分、骨董品やからな」

「富永さんが骨董品でっか。そら値が張りまんな」

「もうちょいしたら桐の箱にも入りますさかいな」

二人はそう言って笑う。いきなり入った店で、二人ともが隠し事をしているとも思えない。不知火は、そうですかとだけ返事をして湯飲みに口を付けた。骨董品に興味はないが、釉薬の流れが味わい深い器だった。

「あんさん。ひょっとして、担がれたんと違いまっか？」

白髪の老人が上目遣いで尋ねる。中年男も腕を組んでうなずいた。

「たまにおるんよ。西天満のなんとかって店から来たと名乗って、お宅の美術品を見せてもらえまへんかとか、うちの美術品を見てもらえまへんかとか言うてくる不埒な輩がな。この辺は古美術、骨董で有名やからね。そう話して信用させてから、品物を安く売らせたり高く買わせたりするんや」

「なるほど、そういう人もいるんですね」

「もしそうやったら、なんも売り買いせんほうがよろしいで。どうせろくなもんやないからな」

「まあ、こうやって尋ねて来たんやから、お客さんは大丈夫やろ」

中年男が言うと白髪の老人もうなずく。

「うん。この子は目ができとるよ。よう見えとる」

「いえ、わたしはこういう方面にはさっぱり疎いもので」

「骨董のことやなくても目は大事や。店も品物も人も、見極めるのは目やさかいな」

「……その目で選んで入ったのが、この店ですからね」

「そう、そういうこっちゃ！」

老人が膝を叩き、三人で笑った。

「楽しいお話をありがとうございました。あと一つだけお尋ねしてもよろしいでしょうか？」

不知火は礼を述べるとともに、あらためて二人の顔を交互に見る。

「おそらくご存じないとは思いますが、八潮吾平という名前に聞き覚えはありませんか？」

「八潮吾平って……あんさん、どこでその名前を聞いたんや？」

予想に反して、白髪の老人が笑顔を止めて眉をひそめる。中年男も湯飲みを持つ手を止めた。

「あら、ご存じですか？　ひょっとして有名な方ですか？」

「有名やないよ。ただ、いつもふらっと品物を売りに来る人や。壺とか皿とか絵画とか。取り留めもないけど、どれもえらい値の張る本物や」

「ここ最近は見かけてまへんな。髭の長いお爺《じい》さん」

中年男もテーブルに湯飲みを置いて言う。

「……どういう方なんですか？」

「いや、ぼくも八潮吾平という名前しか知りまへん。店を持っているという話も聞いてないし、品物の出どころも教えてくれない。いつも、なんぼで買うかと聞いてくるだけやった」

「その方と最後にお会いしたのはいつごろですか？」

「さあ、一年ほどは会ってへんなあ」

「そうですか……。まさかご存じとは思いませんでした」

不知火は努めて冷静な態度で答える。中年男はやや探るような目を向けていた。

「お客さんは、どこでその名前を聞いたんや？」

「お気になさらずに。ちょっと気になってお尋ねしただけですから」

「その割には、ぼくらが知っていたのは意外やったようですな」

「わたしは、堺市の実業家としか聞いていなかったものですから」

「堺のもんかどうかは知りまへんけどな……」

白髪の老人が丸眼鏡を下げて不知火を見た。

「……あんさん、ありゃ、堅気《かたぎ》のもんとは違いまっせ」

一七

そのあとも不知火は近くの店舗を数軒訪ねたが、それ以上に有力な情報は得られなかった。

戻って来た柔井も、やはり萬定堂という店は見つからなかったと話したので、二人は日暮れとともに奈良の事務所へと帰った。

「吉友は一枚目の暗号文を西天満の萬定堂で、萬屋定吉という店主から買ったと言っていた。でも実際に行って探してみたら、そんな店は見つからなかった。なぜだ？」

「わ、分かりません。何か勘違いをしていたんでしょうか？」

柔井は事務所のソファで横になって返す。不知火は対面のソファに座り、組んだ足に肘を置いて顎を支えていた。

「一方で、骨董店の店主は、初代ビリケン像を隠して暗号文を作ったという八潮吾平のことは知っていた。ただし実業家ではなく、やたらと高価な品物を持ち込んでくる怪しい老人としてだ。そんな話は愛好会の誰からも聞いていなかった。しかも、一九八三年に亡くなったと聞いていたのに、一年ほど前に見たと言っていた。どういうことだ？」

「わ、分かりません。何か言い間違えていたんでしょうか？」

「言い間違えでないとしたら？」

「それは……幻聴でしょうか？」

「嘘をついているってことだろうが」

不知火は苛立たしげに足でテーブルをガンガンと蹴る。柔井はそのたびに体を震わせた。

「そ、そういう考え方もありますね……」

「そういう考え方しかねぇだろ。でも、なんのためにそんなことをするんだ？　わたしたちに嘘をつく理由はなんだ？　あの暗号は本当に初代ビリケン像に関係しているのか？　あいつらは、わたしたちに何を探させようとしているんだ？」

「わ、分かりません。ぼくにはさっぱり……」

「考えろ。てめぇ、事務所に戻った途端に顔色が良くなってきたな」

「そ、そうなんです。疲れてはいますけど、不思議と重苦しさや、恐さからは解放された気がするんです……え、恐さってなんですか？」

「知るか。なんでもかんでもビビってんじゃねぇよ」

不知火は舌打ちをしてソファの背もたれに反り返る。そのままバッグからスマートフォンを取り出すと、手早く操作をして電話をかけた。数回の呼び出し音のあと、電話の相手と繋がった。

『……おう。不知火先生か？　どうした？』

電話の向こうから太い男の声が聞こえる。

「こんばんは。お疲れさまです、駒込《こまごめ》刑事」

不知火は先ほどとは違い落ち着きのある上品な声で返す。電話の相手は、奈良県警の刑事部に所属する警部補、駒込五郎《ごろう》だった。

「刑事はまだ署内でお仕事中でしょうか？」

『まあな。フロイト総研もか？　柔井君は相変わらずか？』

「ハム太郎は相変わらずです。お忙しいところを本当に申し訳ございません。ちょっとご相談したいことがありまして、県警切っての敏腕刑事さんにお電話をさせていただきました」

『先生は声だけ聞いていると最高なんだがな』

「ありがとうございます。一曲唄わせていただきましょうか？」

『いらん。その口調も止めてくれ。なんの用だよ』

「ある人物について調査しています。駒込刑事、八潮吾平という名前に聞き覚えはありませんか？」

『八潮……いや知らんよ。何者だ？』

　駒込は即答する。

「分かりません。大阪の実業家かもしれませんし、身元不明の骨董コレクターかもしれません。堅気の人ではないという噂もあるようです」

『堅気じゃないって、まさか暴力団か？』

「だから刑事にお電話しました。ご存じありませんか？」

　不知火が尋ねる。駒込が喉を唸らせた。

『やっぱり聞いたこともないな。そいつが何をやったんだ？』

「分かりません」

『何だそりゃ？　何をやったのかも分からない奴を、なんで探しているんだ？』

「仕事に決まっているじゃないですか。うちは警察と違って、事件性がなくても依頼があれば動くんですよ」

『それで警察に頼っていたら世話ないだろ』

「うちは警察には頼りません。駒込刑事を頼りにしているだけです」

『……他に情報はないのかよ』

「既に亡くなっている可能性もあります。殺されたのか自然死なのかは分かりません。一年ほど前までは生存が確認されています」

『結局、分かっているのは名前だけじゃないか。だいたい、それこそ探偵の仕事だろうが。柔井君はなんと言ってるんだ？』

「ハム太郎は幻聴だと言っています」

『あのなぁ……それで、おれにどうしろって言うんだよ』

「大阪府警のお知り合いにも聞いてください。これは奈良ではなく大阪で調査をしている事件ですから」

『ちょっと待てよ、警察をなんだと思っているんだ？』

「正義の味方だと思っています」

不知火は迷うことなく答える。駒込の舌打ちが聞こえた。

『……この貸しは高いぞ、不知火先生』

「一曲唄わせていただきましょうか？」

『いらん。分かったらまた電話する』

駒込がそう言うなり電話が切れる。不知火は、ふうと息をつくとスマートフォンをバッグに投げ入れた。

「あ、彩音先生。もうすぐ愛好会の人たちがここへ来ます」

柔井は自身の手を見つめて声を震わせる。

「なんで分かるんだ？　足音でも聞こえたのか？」

「いえ、て、手が震えるんです」

「便利な機能だな」

それと同時に、ビルの階段を駆け上がる複数の足音が聞こえた。柔井はソファに座り直して硬直する。やがて事務所のドアがノックもなく開くと、猿田、吉友、南方の順で通天閣愛好会のメンバーが乗り込んできた。

「いた！　吉友さん、こいつやっぱり帰っていましたよ！」

猿田は事務所に入るなり柔井の胸倉を摑んでソファから引き上げる。柔井は、はひゃあと弱々しく悲鳴を上げた。

「てめぇ、このへたれ探偵！　舐めた真似をしてくれたな！　バカにしてんじゃねぇぞ！」

「ひ、ひゃい、ごめんなさい……」

「謝るってことは、何もかも知っていたんだな！　ふざけやがって！」

「やめろ、やめろ、猿田君！」

吉友が鋭い声を上げて叱りつける。猿田は突き放すように柔井をソファに落として下がった。南方は何やら黒いゴミ袋を手にしたまま佇んでいた。

「吉友さん、猿田さん、お昼はありがとうございました。どうされましたか？」

不知火はソファに腰かけたまま冷静な態度で吉友に尋ねる。柔井はソファの上で膝を抱えて震えていた。

「やられました、不知火先生。例の暗号について、また困ったことが起きてしまいました」

「もしかして、もう大阪城公園を掘り返されたのですか？」

「ええ、掘りました。それでどうやら、ぼくたちはまんまと騙されてしまったようです」

吉友は苦笑いを見せて答えた。

一八

不知火は三人にソファを勧めると自分は柔井の右隣に座り直す。吉友は礼を述べて腰を下ろした。猿田は不機嫌そうな顔のままどっかりと尻を落とす。南方は眉間に皺を寄せつつ座り太い腕を組んだ。

「不知火先生、お騒がせしてすみません。猿田君はちょっと興奮しているので。柔井さんが悪いということではないので気にしないでください」

吉友は落ち着いた口調で謝罪する。しかし眼鏡の奥の目差しは普段よりも鋭かった。

「それは一向に構いませんが、騙されたというのはどういうことでしょうか？　まさか大阪城公園からは何も出てこなかったのですか？」

「いいえ、出てきました。まあ見てください」

吉友はそう返すと南方に目を向ける。彼はうなずくなり手元のゴミ袋から土にまみれた小さな缶箱を取り出した。

「それは、天保山で見つかった物と同じ箱ですね。またそれが出てきたんですか？」

「そうです。そして中にはこれが入っていました」

吉友はバッグから一枚の紙片を取り出して不知火に手渡した。

はずれ

ケ'タ",ク'ソ"

「はずれ……ですか」

「はい。その解読は『はずれ』ってことでしょう」

「この、ケダクゾ？　ケタクソ？　というのは、関西弁でしょうか？」

「そうだよ！　ケッタクソ悪いだろって書いてあるんだよ」

猿田が吐き捨てるように言う。あまり上品ではないが、不愉快な感情を表現するものとして主に会話で使われる言葉だ。不知火は隣で顔を伏せている柔井の頭を持ち上げて、無理矢理に暗号文を見せつけた。

「良かったな、ハム太郎。念願のアームチェア・ディテクティブの出番だぞ」

「こ、これは、その……」

柔井は暗号文を両手で摑んで口籠もる。カサカサと紙が震えていた。猿田が苛立たしげに鼻から息を吹いた。

「偉そうに暗号を解いたとか言った癖によ。よくもおれたちにこんな物を摑ませやがったな」

「ふん、探偵が罠にかかっちゃ世話もねぇ」

南方までも低い声で文句を言った。

「しかし、このような物が隠されていたということは、柔井の解読もまったくの見当外れではないようです。本当に間違っていたなら何も出てくるはずがありませんからね」

不知火が詫びることなく返答する。しかし猿田も南方も納得できない表情を見せていた。

「発掘をした皆さんはご不満でしょうが、これも真相に辿り着く一歩とお考えください。『はずれ』であっても八潮吾平さんの想定内なのです。わたしたちの調査自体が否定されたわけではありません」

「不知火先生、ちょっと待ってください」

吉友が驚いた風に声を上げる。

「その名前はどこで聞いたんですか？　八潮吾平というのは……」

「これは、きのう南方さんからお聞きしました。初代ビリケン像を隠した人物とのことでしたが、何か間違っていましたか？」

「ああ、そう……いえ、それでいいんです。ぼくが伝え忘れていましたから」

吉友は南方にちらりと目を向ける。南方は何かに気づいたように目を逸らして口を噤んだ。不知火は気にしていない素振りで二人の態度を注視する。吉友はすぐに不知火に目を戻した。

「それはともかく、ぼくも不知火先生の言う通りだと思います。たとえ『はずれ』が出てきても、柔井さんの解読によって新たな情報が手に入ったことには違いありません。だからフロイト総研さんを責めるつもりは決してありません。本当の在処が見つかるのも時間の問題でしょう」

「吉友さん、あるいはこれが真相である可能性はありませんか？　『はずれ』というのは暗号解読を外したのではなく、初代ビリケン像などそもそも隠していないという意味とは思えませんか？」

「……いや、ぼくはそう思いません。わざわざ暗号を作ったり、穴を掘って物を埋めたりしていますからね。いたずらにしては手が込みすぎています。それに『はずれ』というのは『あたり』があってこその言葉でしょう。ちょっと強引な解釈かもしれませんが」

「なるほど。そう仰るのなら調査を続けましょう」

「ぐちゃぐちゃ言ってないで、さっさと暗号を解読しろよ」

猿田が靴の踵で床を蹴りつつぼやく。もはや荒っぽい態度を隠そうともしない。その目は不知火ではなく、やたらと敵対心を抱いている柔井を睨んでいた。

「おい、そこのへたれ探偵。お前に言ってんだぞ」

「ご、ごめんなさい……」

柔井は『はずれ』と書かれた紙で顔を隠す。

「いちいち謝ってんじゃねぇよ。きょうは解読するまで帰らねぇからな！」

「じゃ、じゃあ、解読したら帰ってくれるんですか？」

「失敗したら、ただじゃおかねぇからな」

「し、失敗って……」

「やめろ猿田君。彼を怯えさせてどうするんだ」

吉友はそう言って柔井に顔を向ける。

「柔井さん、彼の言葉は気にしないでくれ。ぼくはきみに期待しているんだ」

「だ、だけど、失敗なんて……」

「いいんだ。ぼくは何度でも付き合うから大丈夫だ。また失敗してもいいから解読に挑戦してくれ」

「いえ、その、これ、失敗じゃないんですけど……」

柔井は震える手で『はずれ』の紙を差し出す。不知火と愛好会の三人が思わず動きを止めた。

「……失敗じゃない？」

「はい、これもヒントです」

「『はずれ』って書いてあるじゃねぇか！」

猿田が声を上げる。しかし柔井はぶんぶんと首を振って否定した。

「ほ、本当なんです。ぼ、ぼくはこれが見つかったから、次の隠し場所も分かったんです」

「それは誠か？　また我らを謀《たばか》るつもりではあるまいな？」

南方がずいっと身を乗り出す。柔井はがくがくとうなずいた。

「しからばお主、次はどこを掘れと申すのか？」

「それは。その、ちょっと分かりませんけど」

「おのれ、愚弄するか！」

「いえ、その、地図があれば分かるはずです。だから、ええと、大阪の北のほうです。大阪城よりも北です」

「落ち着けよハム太郎」

不知火が柔井の肩に腕を回して無理矢理に顔を向けさせる。彼は眉を寄せて涙目になっていた。

「あ、彩音先生、どうしましょう……」

「本当に、次の隠し場所が分かったんだな？」

「ぼく、もう嫌です」

「はっきり言えよ。どこだよ」

「は、はっきり言うと、北緯三四度四八分三三秒、東経一三五度三二分一二秒にあります」

柔井は異常に明確な位置を回答した。

「適当なこと言うなよこの野郎。どこにもそんな数字なんて書いてないじゃねぇか！」

　猿田が甲高い声を上げる。

「お主、世迷《よま》い言《ごと》で我らを煙に巻くつもりであるな」

　南方は腰を上げると、まるで見えない刀で斬りかかるかのように迫った。

「南方君、猿田君、待て」

　吉友が座ったままで二人を制する。その鋭い目は、手に持つスマートフォンの液晶画面を睨んでいた。

「柔井さん、その数字に間違いはないんだろうね？」

「あ、はい。だって、暗号を解読したら、その数字しか出てこないから」

「……地理座標から場所を調べられる地図アプリで確認した。その経緯度は万博記念公園の中、太陽の塔の東を示している。その場所に埋まっているんだね？」

「そ、それなら、絶対そこにあります。だからもう、帰ってください……」

　柔井は震える声で懇願する。吉友はその顔をしばらく見つめたあと、おもむろにソファから立ち上がった。

「分かった、行ってみよう。夜なら穴掘りもしやすいだろう。南方君も一緒に来てくれ。猿田君は、念のために柔井さんと不知火先生から解読方法を聞いておいてくれ、いいね」

「了解です。もしいい加減な理由だったら、こいつをボコって連絡しますよ」

猿田は両手を上げてそのままソファにもたれる。南方も黙って立ち上がった。

「……それでいいですね。不知火先生」

「ご安心ください。依頼者のあとをつけるような真似はいたしませんから」

不知火は含みを持たせた言葉を返す。吉友は何も言わずに背を向けて事務所から出て行った。南方ものしのしとした足取りであとに続いた。

一九

「こ、この、三枚目の暗号には、次の隠し場所を示す重要なヒントが隠されています」

暗号解読の説明を求められた柔井は『はずれ』の紙を示しつつ話を始める。猿田は背もたれに反り返って顎を上げている。不知火は澄ました態度で彼の様子を観察していた。

「これを手に入れないと、先へと進むことはできなかったんです。だから、もう許してくれませんか？」

「まだ何も言ってねぇだろ。ちゃんと分かるように説明しろよ」

猿田は天井に向かって言う。柔井はぺこぺこと頭を下げつつ話を続けた。

「ヒ、ヒントになっているのは、ここに書かれている『ケタクソ』の文字です。これは悪口ではないんです。見ての通り、『ケ』のあとに印が一つ、『タ』のあとに二つ、そのあとにカンマがあって、さらに『ク』のあとに印が一つ、『ソ』のあとに二つ付いています。これは濁点ではありません。正確な名前は、ええと、印一つが『プライム』で、印二つが『ダブルプライム』といいます」

「初めて聞く名前だな。ダッシュやクォーテーションとはまた違うものなのか？」

不知火が横目で見る。

「見た目はほとんど同じですけど、使われ方が違います。こんな形で書かれる場合は、それぞれ長さの『ヤード』と『インチ』、あるいは時間や角度の『分』と『秒』などを示しています。でもこれまでの暗号から見てもヤードやインチが出てくるのはおかしいです。また時刻や時間との関連性も理解できません。そうなると角度の単位、つまり緯度と経度に関係している暗号だろうと推測できます」

「緯度経度というと、二枚目の暗号図にあった『34』と『135』の数字か」

「は、はい。それに当てはめると、北緯三四度『ケ』分『タ』秒、東経一三五度『ク』分『ソ』秒になります。そして、それぞれのカタカナを数字に置き換える方法は、一枚目の暗号文にありました」

「あの、『ビリケンニキケ』の暗号文に？」

「文字ではなく、全体の形です。あの暗号文は横に五列、縦に最大一一行まであって、なぜか後半が歯抜けになっていました。あの形には重大な意味が隠されていたんです」

「歯抜けのある五列かける一一行……五十音か？」

「そうです。あれは暗号文を書き記すとともに、日本語の五十音表の升目《ますめ》も表していました。そして文字の置かれている場所が数字に置き換えられるんです」

柔井はそう言うと『はずれ』の紙の裏にカタカナの五十音表を書く。不知火と猿田もその手元を見つめていた。

0	1	2	3	4	5
0	ア	イ	ウ	エ	オ
1	カ	キ	ク③	ケ①	コ
2	サ	シ	ス	セ	ソ④
3	タ②	チ	ツ	テ	ト
4	ナ	ニ	ヌ	ネ	ノ
5	ハ	ヒ	フ	ヘ	ホ
6	マ	ミ	ム	メ	モ
7	ヤ		ユ		ヨ
8	ラ	リ	ル	レ	ロ
9	ワ				ヲ
10	ン				

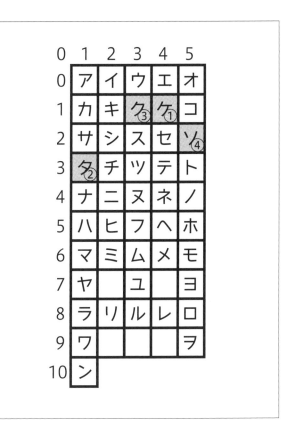

「五十音表から二桁の数字が導き出せるように設定して確認すると、『ケタクソ』は、北緯三四度四一分一三秒、東経一三五度三一分五二秒になります。ぼくは緯度と経度からだいたいの位置が分かるんですけど、これはおそらく三枚目の暗号文が隠されていた場所、つまり二枚目の暗号図に示されていた大阪城公園になると思います」

N34°41′13″, E135°31′52″

「よぉ、おかしいじゃねぇか、そりゃ」

猿田が天井から顔を戻す。

「北緯だとか五十音だとか言って散々暗号をひねりまくった癖に、分かったのがもう見つけた隠し場所ってどういうことだよ。そんなもん、二枚目の暗号図でとっくに解読できているじゃねぇか」

「そ、そうです。でも、これも重要なヒントになっているんです」

柔井は鼻息を荒くしてバッグから一枚目の暗号文を取り出す。

「い、一枚目の暗号文は、二枚目の暗号図の隠し場所を示していました。そして二枚目の暗号図は、三枚目の暗号文の隠し場所を示していました。ところが、三枚目の暗号文は、二枚目の暗号図の隠し場所を示しているんです。これはつまり、今度は暗号を逆に辿って解読せよというヒントなんです。『ケタクソ』の文字を五十音の番地に置き換えて、二枚目の暗号図の位置が解読できるように、一枚目の暗号文からも緯度と経度を導き出せという指示なんです」

柔井は顔を伏せたまま一枚目の暗号文にペンを走らせる。

「一枚目の暗号文に、三枚目の『ケタクソ』の位置を当てはめると、『レツスサ』という文字が確認できます」

0	1	2	3	4	5
0	ビ	リ	ケ	ン	ニ
1	キ	ケ	ス③	レ①	タ
2	ダ	テ	キ	ノ	サ④
3	ツ②	ヲ	マ	モ	ユ
4	リ	レ	ヤ	ン	ド
5	タ	ゼ	ヲ	サ	ア
6	ツ	ノ	ビ	ボ	イ
7	ボ		ス		モ
8	ニ	テ	ゼ	ク	ユ
9	ド				ヒ
10	ア				

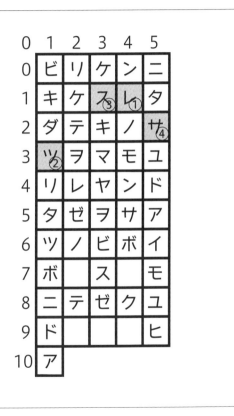

「それを今度は正しい五十音表に当てはめてみると、『四八』『三三』『三二』『一二』という数字が現れます」

柔井は先ほどの五十音表に戻ると、該当の位置をもどかしげに示す。不知火と猿田はその様子を食い入るように見つめていた。

0	1	2	3	4	5
0	ア	イ	ウ	エ	オ
1	カ	キ	ク	ケ	コ
2	サ④	シ	ス③	セ	ソ
3	タ	チ	ツ②	テ	ト
4	ナ	ニ	ヌ	ネ	ノ
5	ハ	ヒ	フ	ヘ	ホ
6	マ	ミ	ム	メ	モ
7	ヤ		ユ		ヨ
8	ラ	リ	ル	レ①	ロ
9	ワ				ヲ
10	ン				

「その数字をさっきと同じようにとらえると、北緯三四度四八分三三秒、東経一三五度三二分一二秒の位置が導き出せます。吉友さんが調べたところによると、その場所は万博記念公園の中にあるようです。つまりこれが、次の隠し場所になるはずです」

N34°48′33″, E135°32′12″

二〇

柔井は暗号解読の説明を終えると、大きく息をついてうなだれる。かくして解き明かされた万博記念公園へは吉友と南方が発掘に向かっていた。

「実際にその場所から初代ビリケン像が発掘されるまでは、暗号の解読が正しいかどうかは分かりません。しかし柔井の説明を聞く限り探してみる価値はありそうです」

不知火は顔を上げて猿田を見る。彼は怒りと悔しさを混在させた表情で口を噤んでいた。

「いかがでしょうか、猿田さん。柔井の解読をお認めいただけますか？」

「……探偵なんだから、解読できて当然じゃねぇか。探してみる価値があるだなんて、これで何も出てこなかったら許さねぇからな」

「探偵の調査は地道なものです。徒労や無駄足に終わることもご理解ください」

「ふざけんなよ。吉友さんと南方さんに穴まで掘らせて、間違いでしたって言うつもりかよ」

猿田は不知火ではなく柔井の頭を睨みつける。

「だいたい吉友さんも、なんだってこんな奴に肩入れするんだか。体調が悪いとかなんとか言って、ろくに仕事もしねぇ癖によ」

「ご、ごめんなさい……」

柔井は頭をさらに下げて謝る。猿田は唾を吐くかのように舌打ちする。不知火はその様子を見て、わざとらしく笑い声を上げた。

「おい、何笑ってんだよ」

「いえ……だって、ろくに仕事もしていないのはお互いさまだと思いましたので」

「あぁ？　なんだって？」

「猿田さんは吉友さんに気に入られたいようですけど、今回の調査に関してはあまり役に立っておられませんよね？　柔井は少なくとも暗号を解読するという成果は上げています。吉友さんや南方さんがどちらに期待を寄せられるかは……」

不知火が話を終える前に、猿田がテーブルの裏を蹴る。柔井が両手で頭を抱えた。

「よぉ……あんた、女だからって何言っても許されるって思うなよ」

「そちらこそ、依頼人というだけで威張らないでいただけますか？」

「謎々を解いて金をもらえるなんて、楽な仕事をしてんじゃねぇよ」

「その謎々すら猿田さんが解けないから、吉友さんがわたしたちに依頼されたのですよ？」

「あんなもん、おれにだって解けたんだよ！」

「大阪城の地図を梅田と見間違えたことでしょうか？」

「違う！　その前の、もっと前の話だ。おれが暗号を解かなかったら、あのビリケンの暗号も見つからなかったんだ。そしたら、お前らに調査を依頼することもなかったんだ！」

「あ、あれ？　あの暗号文って骨董店で買ったんじゃ……」

ふいに柔井がつぶやくが、不知火がテーブルの下で彼の足を踏んで黙らせる。初めて聞く話だが彼女は表情を変えずに澄ましていた。

「そうでしたね。でも猿田さん、申し訳ございませんが、わたしたちはまだその暗号を拝見しておりません。ですから、猿田さんのご活躍がどれほどのものかも分からないのです」

「なんだ、吉友さんも南方さんも話してないのかよ。くそっ、みんなおれを軽く見やがって」

猿田は忙しない動作でポケットから一枚の紙を取り出してテーブルに投げ捨てる。不知火はそれを拾い上げて手元で広げた。

ごんたくれがお酒に溺れて
ついに死ぬ
物は隠した見つけるな
池で足を洗えば教えたる

「この暗号は……」

紙の大きさや質感はこれまで手に入れた暗号の書かれた紙と同じに見える。また筆跡も『ビリケンニキケ……』や『はずれ』の暗号と同じ人物の手によるものに間違いなかった。

「ごんたくれが、お酒に溺れて、ついに死ぬ。物は隠した、見つけるな。池で足を洗えば教えたる。……文章になってはいますが、意味はよく分かりませんね。なるほど、暗号めいています」

『ごんたくれ』は、主に西日本で使われる方言で『悪童』や『やんちゃ者』を意味する。文末の『教えたる』を見ても、文章には会話文のようなくだけた印象があった。不知火が声に出して読み上げると、隣の柔井がなぜか弾かれたように肩をすくめる。だが彼はうつむいたまま口を噤んでいた。

「どうよ。この暗号がお前らには解けるのか？」

猿田は得意げな顔で尋ねる。不知火はしばらく紙を見つめていたが、やがて彼のほうを見て首を振った。

「ダメですね。わたしにはまったく見当も付きません」

「ほら見ろ。探偵だってそんなもんじゃねぇか」

「言い訳もできません。よろしければ猿田さんの解読方法をご説明いただけますか？」

「簡単だよ。『ごんたくれがお酒に溺れてついに死ぬ』っていうのは、そのままだ。暗号を遺したやんちゃ者が、酒の飲み過ぎでとうとう死んじまうってことだ。で、『ブツは隠した見つけるな』っていうのは、ブツは隠したからもう探すなってことだよ」

「これは『モノ』ではなく『ブツ』と読むんですね」

「そんなのはどっちでもいいんだよ。いいか、『池で足を洗えば教えたる』ってところが重要だ。隠し場所を教えてやるっていっても、本人はもう死んじまっているよな。じゃあどうするよ」

「どうするんですか？」

「……庭池の中に隠したから探せってことじゃねぇか」

猿田は不敵な笑みを浮かべて言う。不知火はひどく驚いたように目を丸くした。

「なるほど……『足を洗えば』というのは、庭池に足を入れて探せということですか」

「そうだよ。だからおれは庭池に入ってあちこち引っかき回したんだ。そしたらどうだ、でかい岩の下から例の缶箱が出てきて、中にビリケンの暗号を書いた紙が入っていたってわけだよ」

「お見事です。名推理ですね」

不知火は胸元で小さく拍手する。猿田は人差し指で鼻の下を擦った。

「感服しました。わたし、猿田さんをそこまで頭のいい方とは思っておりませんでした」

「それほどじゃねぇよ」

「これまでの数々の無礼をお許しください。……それで、感動のついでに一つ質問してもよろしいでしょうか？」

不知火は上目遣いで窺う。猿田は、おお、と気軽に返した。

「……猿田さんが引っかき回した庭池というのは、どこの池なんですか？」

「あぁ？　それはお前……」

「そもそも、この最初の暗号文はどういう経緯で手に入れられたのですか？　『ビリケンニキケ』の暗号は西天満の骨董店、萬定堂の萬屋定吉から買ったものではなかったのですか？」

「あ、そうだった。いや……」

「……通天閣愛好会の皆さんは、本当は何をお探しなのですか？」

不知火が矢継ぎ早に質問する。猿田は口元を押さえて目を泳がせた。口を滑らせたことには気づいたようだが、取り繕う方法までは思い浮かばないらしい。やがて音を立ててソファから立ち上がると、不知火の手から暗号の紙を引ったくった。

「余計なことを考えてんじゃねぇ！　お前らはなぁ、言われた通りに暗号を解読してりゃいいんだよ！」

「お答えいただけませんか？」

「うるせぇ！　とにかく、おれもお前らの推理を信じて万博記念公園へ行ってやる。いいか、これでもし何も見つからなかったら、お前らに落とし前をつけてもらうからな！　覚悟しておけよ！」

猿田はそんな捨て台詞を吐くと、逃げるように事務所から立ち去った。

「行ってらっしゃいませ、猿田探偵」

不知火はソファに座ったまま見送ると、そのまま背もたれに反り返って足をテーブルの上に投げ出した。

「ちょっと、やばいことになってきたな。万博記念公園って夜でも入れるのか？」

「あ、彩音先生……」

隣から柔井が両手を伸ばして寄って来る。不知火は鬱陶しそうに右腕を伸ばして彼の頭を摑んだ。

「おいハム太郎。てめぇはいつから気づいていた？　いまはどこまで分かっているんだ？」

「ぜ、全部分かっちゃいました。それで、ぼく、間違えちゃいました……」

「いつものことじゃねぇか。今度は何を間違えた？」

「あ、暗号の解読です。暗号は三つじゃなくて、四つあったんです。だから本当は、二枚目じゃなくて一枚目に答えがあったんです」

「なんのことかさっぱり分かんねぇぞ」

「け、警察を、警察を呼んでください。でないとぼく、あの人たちに酷い目に遭わされます」

柔井は掴まれた手の中で小刻みに震えている。それと同時に、不知火のスマートフォンから着信音が鳴り響いた。彼女は左手だけでバッグから取り出して通話ボタンをタップした。

「お疲れさまです、さすがは敏腕刑事ですね」

不知火は開口一番にそう告げる。そのあとは少し言葉を交わして、なるほどと答えた。

「……調べていただきありがとうございます。ところで駒込刑事、今晩これからお時間いただけますか？　いえ、冗談ではありません。お礼と言ってはなんですが、わたしとドライブに行きましょう。はい、もちろん。それでは事務所で待っていますね」

不知火は電話を切るなり柔井の頭を突き放した。

「お望み通り警察を呼んでやったぞ、ハム太郎。事件の仕上げだ。お前の推理を聞かせろ」

二一

その夜、大阪府吹田市の万博記念公園の芝生には三つの影だけが蠢《うごめ》いていた。時刻は午後一一時を過ぎている。公園は午後五時で閉園しているので他に人影はなく、外灯すらも点いてはいなかった。ただ幸いにも月明かりがあるので、周囲が完全な暗闇に包まれることはない。懐中電灯も持参してはいるが、無断侵入を警戒して点灯させないままでいた。

「『はずれ』の暗号も、はずれやない。最後の隠し場所を示す暗号になっとるってことか……」

影の一つ、吉友は芝生の上にしゃがみ込んで煙草を吹かしている。背後にいる猿田が直立不動で返事した。

「あいつらも、やるやないか。どや、やっぱりプロに任せて正解やったやろ？」

「せやけど、あんな暗号くらい、おれかて解読できますわ」

「黙っとけ。オヤジの池ん中でジャブジャブやったくらいで偉そうに抜かすな」

吉友は振り返らずに叱ると目を細めて正面を見据える。そこでは南方がシャベルを手に芝生の地面を掘り続けていた。

「どや、南方君。なんか出てきよったか？」

「……まだですわ。ブツがブツだけに、だいぶ深く埋められとるんと違いまっか」

南方は汗を拭いつつ答える。吉友は煙草を摘む右手を背後の猿田に向けた。

「おい……ええと、猿田君。きみも突っ立ってんと手伝いに行けや。まだ一本、シャベルが余っとるやろ」

「へい……兄貴、その名前そろそろ止めてくれまへんか。なんやこう、他人の名前で呼ばれているようで気持ち悪いんですわ」

「アホか。これで何も出んかったら、また奈良へ行ってどやしつけなアカンやろ。まだ名前に馴染んどけ」

吉友は鼻で笑って煙草を捨てる。猿田はシャベルを取って南方と一緒に穴を掘り続けた。

「あの女、さすがに何か気づいとるな。せやけど、あれはどうとでもなる。厄介なのは、へたれ探偵のほうかもしれん。あのガキ、オヤジの暗号をどれも一目で解読しよったな。不気味な奴や……」

「あ、兄貴！　なんか出てきましたで！」

「やかましい。騒ぐなボケが」

吉友は猿田を叱って立ち上がる。深さ五〇センチほど掘り進めた地面から、銀色の蓋が覗いていた。これまでの缶箱とは違い、一斗缶のような形状に見える。懐中電灯を穴の中に入れて確認した。

「よっしゃ……当たりやな。慎重に行けよ。半分も掘れば蓋が開けられるやろ」

南方と猿田は俄然やる気を見せて土を掻き出していく。吉友も上から懐中電灯で照らして指示を出した。穴はやがてすり鉢状になり、一斗缶の中程までが露出する。入れ物の大きさは中身の多さを予感させる。そこで作業を終えると、南方が中腰になって蓋を両手で摑んだ。

「開きそうですわ。よろしいでっか？」

「ええぞ。土が被らんように気ぃつけろ」

「なんや、ワクワクするなぁ」

三人は達成感の笑みを浮かべてうなずき合う。南方が慎重に蓋を開けて脇に置く。吉友が開いた一斗缶の中を懐中電灯で照らした。L字形の道具が数十個に、白い粉が入った袋が数十袋。今度は暗号の書かれた紙ではない。しかし、ビリケン像のようでもなかった。

「あ、あった。やった。とうとう見つけましたで！」

南方が中を覗き込んで興奮気味に言う。

「ぜ、全部おれらで山分けでっか？　大金持ちになれるんでっか？」

猿田が歯を剝き出しにしてにやつく。

「……おい、ちょっと待て。なんか変やぞ。お前らもよく見てみぃ」

吉友が怪訝《けげん》な表情でつぶやくと、南方と猿田が笑顔のまま固まった。何かおかしい。吉友は土に汚れるのも構わず穴に近づき、一斗缶から中身の一部を取り出した。

「これは……おい、なんやこれは？　どないなっとんじゃ！」

「お目当てのブツは見つかりましたか？」

突然、三人の耳に女の声が届く。振り返ると懐中電灯の強い光を浴びせかけられた。目を細めて睨むと、フロイト総研の不知火と柔井の姿が見える。そして近くにはもう一人、角張った顔に黒縁眼鏡をかけた中年男の姿があった。

二二

「フロイト総研、それに……」

三人の目は不知火と柔井ではなく、黒縁眼鏡の男だけに向いている。一見すると地味な市役所の職員か学校の教員のようだが、眉間に深い皺を刻んだその顔には威厳があり、ひとかどの人物だと思われた。

「松岡さん……」

吉友は気まずいような表情でつぶやく。松岡と呼ばれた黒縁眼鏡の男は黙って三人の顔を見つめていた。

「お察しのことと思いますが、こちらの松岡さんにお会いして事情を全て聞きました」

不知火が一歩前に出て話す。

「吉友興一こと、岸本勝二《きしもとしょうじ》さん、南方虎男こと、北沢邦男《きたざわくにお》さん、猿田繁こと、春田猛《はるたたけし》さん。皆さんは暴力団、久城《くしろ》組の元組員さんだったんですね？」

「兄貴……」

猿田が吉友に呼びかけるが、彼は無言で首を振った。

「通天閣愛好会が初代ビリケン像を探しているなんて、まったくの嘘。本当は今年の七月に亡くなった組長、久城六郎《ろくろう》さんの遺品を見つけるために、わたしたちに暗号解読を依頼したんですね。

久城組長は自身が亡くなる際に組を畳むことを決心されていた。しかしあなた方はそれに納得できず、組の持ち物を横取りしようと考えた。処分に困るであろう拳銃や麻薬などは、どこかに保管しておくしかないと思ったからです。

ところが久城組長もあなた方の企みに気づいており、亡くなる前にそれらのブツをどこかに隠しておいた。そして隠し場所を暗号にしたためて、それほど欲しいなら自分たちで探せと託して亡くなった。お陰で皆さんは慣れない暗号解読に挑戦しなければならなくなってしまった。これが、この事件の真相だったんですね」

三人は何も言わずに不知火を睨んでいる。その姿はこれまでの愛好会としての様子とは違い、暴力団の威圧感を剝き出しにしていた。不知火と松岡はそれを平然と受け流す。柔井だけが音叉のようにいつまでも震え続けていた。

「おかしいと思いました。大阪にも探偵事務所はいくらでもあるのに、どうして遠い奈良のわたしたちに調査の依頼に来たのか。暗号を解読させておきながら、どうしてその発掘は自分たちだけでやろうとするのか。そうそう、探偵の調査が犯罪に関わった場合はどうするのかという質問もされていましたね。そこまで警戒していたのは、埋められている物が初代ビリケン像ではないから、中身を知られては困る物だったからですね」

「なんで、お前らが松岡さんと一緒におんねん。どこで知り合《お》うたんや」

吉友が恨みがましく関西弁で尋ねる。すると松岡の背後からもう一人、大柄な男が進み出てきた。癖のある髪に太い眉、彫りの深い顔にスーツを着た筋肉質の体。堅気とは思えない風貌だが、吉友たちにも見覚えはなかった。

「奈良県警の駒込だ」

「県警？　警察やと？」

「不知火先生から八潮吾平という名前を聞いて調べていた。大阪府警に問い合わせたところ、久城六郎が、骨董店で美術品を売りさばく際に使っていた偽名だと教えてくれた。それで元若頭の松岡さんに連絡して事情を詳しく聞かせてもらった」

「……汚い奴らや、やっぱりお前ら繋がっとったんか！」

「とんでもない。これは久城六郎さんのご遺志ですよ」

不知火は苦笑いを見せると柔井に目を向ける。

「説明してやれ、ハム太郎」

「あ、はい……ええと、ごめんなさい」

「いきなり謝ってんじゃやねぇよ」

不知火は柔井の後頭部を叩く。それでも彼はぺこぺこと頭を下げ続けていた。

「いえ、その、謝ったのは事件のことじゃなくて、暗号のことです。ぼく、暗号を間違えちゃったんです」

「なんやとぉ！」

猿田が声を上げるも全員が目を向けて制する。柔井は話を続けた。

「あの、暗号って実は四つあったんです。最初に見せられた『ビリケンニキケ』の暗号文と、それから見つけた大阪城公園を示す暗号図と、さらに見つかった『はずれ』の暗号文、そして、最初に猿田さんが久城六郎さんから受け取った『ごんたくれ』の暗号文です。

それぞれの暗号は全て繫がっていて、一枚目、二枚目、三枚目、四枚目と探し出して、そこから四枚目、三枚目、二枚目、一枚目とさかのぼって解読できるようになっていました。これはお話しした通りです。だからぼくは四枚目の文言をヒントに、三枚目の隠し場所を見つけるように、二枚目の五十音表を変換して、この万博記念公園の場所を見つけました。でも、本当はさらに先があったんです。それは一枚目の文章を五十音表の升に埋めて、そこから該当する位置の言葉を見つけなければいけなかったんです。分かりますか？　つまり、こういうことなんです」

柔井はそう言うと、ポケットから手書きの暗号解読文を取り出して三人に見せた。

0	1	2	3	4	5
0	ゴ	ン	タ	ク	レ
1	ガ	オ	サ③	ケ①	ニ
2	オ	ボ	レ	テ	ツ④
3	イ②	ニ	シ	ヌ	ブ
4	ツ	ハ	カ	ク	シ
5	タ	ミ	ツ	ケ	ル
6	ナ	イ	ケ	デ	ア
7	シ		ヲ		ア
8	ラ	エ	バ	オ	シ
9	エ				タ
10	ル				

「さ、最後の言葉は経緯度ではありません。『ケイサツ』です。隠し場所は警察だったんです」

「け、警察？」

吉友、南方、猿田の三人はぽかんと口を開ける。駒込が低い声で説明した。

「久城六郎が持っていた違法物は、彼が亡くなる前に全て大阪府警が引き取っていた。他へ横流しもせず、どこかへ隠しもせず、わざわざ警察に持ち込んできたということで、当時は皆驚いたそうだ」

「畜生、どいつもこいつもバカにしやがって。完璧な作戦やったのに……」

吉友は歯軋《はぎし》りをして悔しがる。不知火は追い打ちをかけるように口を開いた。

「完璧どころか、えらくお粗末な作戦でしたよ。あなた方の正体なんて、こちらの柔井が初めから気づいていたそうですから」

「嘘言うなや！　そのガキはなんにも分かってへんかったやろ！」

「ハム太郎、皆さんに聞きたいことがあるんだろ？」

「え？　いや、ぼくは別に……」

柔井はなぜか首を振って否定する。だが不知火が視線だけで命令したので仕方なく三人に顔を向けた。

「その、ぼくは最初から、今回の依頼者はちょっと恐いなと感じていました。皆さんに会うとなぜか手が震えて、体調が悪くなりましたから、きっと何か乱暴な予感があったんだと思います。でもそれだけでは分かりませんし、基本的にぼくは人と会うのが苦手で、よくこういうことが起きるので、気にしないようにしていました。

でも、調査を進めていく内に、皆さんがおかしなことをやり出したので、いよいよぼくも変だなって思うようになりました。皆さんが、その、何をやっているのか分からなかったんです」

「何の話や。はっきり言えや」

吉友が諦めたように尋ねる。柔井は小刻みにうなずいた。

「その、大阪城公園に行った際なんですけど、どうして南方さんは作業員の格好をして他人のふりをしていたんですか？　ヘルメットを被ってマスクなんて着けたりして。皆さんもそれに合わせて他人のふりをしているし、何がやりたかったんでしょうか？」

「な、なんや？　バレとったんか？」

南方が顔を青くして声を上げる。

「あと、天保山へ行った際も、なんで猿田さんは金髪のカツラにサングラスをかけて、ぼくたちを脅しに来たんですか？　その時はぼく、恐くて質問できなかったけど、わけが分からなくて困りました」

「な、なんやワレ、おれの変装を知っとったんかい」

猿田が狼狽する。

「で、でも、一番分からなかったのが、通天閣の吉友さんでした」

「ちょ、ちょっと待てや！」

吉友が声を上げるが、柔井は首を傾げた。

「でもその、女装して通天閣の案内係ってどういう意味だったんですか？　鶴見さんとか名乗って……」

「待てや！　お前、その場におらんかったやろ！　ビビって通天閣へも登らんと、女の電話で話を聞いてただけと違うんか！」

「はい……だから、声を聞いて気づいていました。あの、方言を変えるとか、声のトーンを変えても、声そのものの性質って変えられないんです。だから皆さんどんな格好をしても、ぼくには同じ声にしか聞こえませんでした」

柔井は平然と答える。三人はショックを受けたように肩を落とした。

「……岸本、北沢、春田」

柔井の隣から松岡が、低い声で三人の本名を呼びかける。

「もういいだろ。探偵まで雇ってこんな真似をして、久城さんが生きていたらなんて言うと思う」

「ま、松岡さん。せやけど、おれらは……」

「岸本、その中に何が入っていた？」

松岡が彼らの背後の穴を指差す。

「それも久城さんに言いつけられて、今年の春先におれが穴を掘って埋めたんだ。何が入っていた。皆さんに向かって言ってみろ」

吉友は諦めたように穴へと向かうと、一斗缶の中に入っていた物を取り出して見せた。

「ピストル……水鉄砲のピストルと、白い粉、砂糖の袋やった……」

「……ドアホが」

松岡が溜息をついて背を向ける。不知火と駒込がそれを聞いて笑い声を上げた。

二三

吹く風が心地よい一〇月初旬の午後。フロイト総研に駒込が訪れて事件後の状況を二人に伝えた。偽名を使っていた三人は、万博記念公園への無断侵入と、芝生を傷つけて穴を掘った器物損壊により、警察から厳重注意と掘り返した芝生の復旧作業を命じられたという。事件についてはそれだけのことだったが、元暴力団組員の心ない行為として新聞の片隅やネットニュースで報じられてしまい笑い者になったとのことだった。

「別に拳銃や麻薬が見つかったわけでもないからな。それ以上はなんの罪にもならなかったよ」

駒込は鼻で笑う。不知火も呆れ顔を見せている。柔井はもう関わりたくもないといった態度でうつむいていた。

「三人は亡くなった組長さんに感謝すべきでしょうね。うちへの調査費用も案外すんなりと支払われました。ここで揉めるのも恥ずかしかったのでしょう」

「舞台が大阪なだけに、ギャグみたいな事件だな」

「彼らはこれからどうするんでしょうか？」

「さあな。こんなに恥をかかされたら、もう業界にもいられないだろ。死んだ組長が言った通り、きっぱり足を洗って堅気になればいいさ」

駒込はテーブルに身を乗り出して不知火を見る。

「ところで不知火先生よ。おれの仕事への支払いがまだ済んでいないんじゃないか？」

「警察への要請にお金がかかるんですか？」

「警察じゃねぇ、おれだ。大阪府警に連絡したり、万博記念公園まで車を走らせたり、結構働いてやったと思うぞ」

「そうでしたね。でも刑事さんが探偵事務所からお金を受け取るのって、まずいんじゃないですか？」

「金じゃなくてもいいんだよ」

「まあ、いやらしい」

不知火は自分の肩を抱いて身をよじる。駒込は思わず咳き込んだ。

「バカ野郎、そんなんじゃねぇよ」

「じゃあ、今度何か困ったことがあれば、ハム太郎を貸し出しますよ」

「ええ？」

いきなり名前を出された柔井はか細い声を上げる。しかし駒込は体を戻して腕を組んだ。

「……悪くないな。暗号は解読できるし、荒っぽい奴らが近づいただけで反応するし、探偵にしとくにはもったいない能力だ」

「刑事部に行けば一日で潰れるとは思いますけど」

駒込と不知火が冷静な目で分析する。柔井は虫のように縮こまっていた。

「しかし、柔井君はいつも体調が悪いように見えるな」

「こいつはいつも体調不良ですよ。なぁハム太郎」

「あ、はい……ぼくはだいたい、仕事をしている時はこんなものです」

「仕事をしている時だけ調子が悪くなるのか？」

「普段もあまり変わりませんけど……。あの、やっぱりぼく、探偵には向いていないんでしょうか？」

「……それは、不知火先生が隣にいるからじゃないか？」

「あ、そうか。虐められる気配に反応しててて……」

柔井は発見したように顔を上げる。同時に不知火が彼の耳を思い切り引っ張った。

この作品は書き下ろしです。

図版　美創

幻冬舎文庫

●好評既刊
もしもパワハラ上司がドラゴンにさらわれたら
蒼月海里

パワハラ上司がドラゴンにさらわれ、人間のストレスが生み出す魔物で新宿駅はダンジョン化!? 毒舌イケメン剣士ニコライとブラック企業のヘタリーマン浩一は、上司を無事に連れ戻せるのか？

●好評既刊
新米ベルガールの事件録
～チェックインは謎のにおい～
岡崎琢磨

廃業寸前の崖っぷちホテルで、次々に起こる不可解な事件。新入社員・落合千代子は、イケメンの教育係・二宮のドSな指導に耐えながらも、事件の真相に迫るが……。本格お仕事ミステリ！

●好評既刊
鳥居の向こうは、知らない世界でした。
～癒しの薬園と仙人の師匠～
友麻　碧

二十歳の誕生日に神社の鳥居を越え、異界に迷い込んだ千歳。イケメン仙人の薬師・零に拾われ、彼の弟子として客を癒す薬膳料理を作り始めるが。ほっこり師弟コンビの異世界幻想譚、開幕！

●好評既刊
クラーク巴里探偵録
三木笙子

人気曲芸一座の番頭・孝介と新入り・晴彦は、贔屓客に頼まれ厄介事を始末する日々。人々の心の謎を解き明かすうちに、二人は危険な計画に巻きこまれていく。明治のパリを舞台に描くミステリ。

●好評既刊
露西亜の時間旅行者
クラーク巴里探偵録2
三木笙子

弟を喪った晴彦は、料理の腕を買われパリ巡業中の曲芸一座の名番頭・孝介の下で再び働き始めた。頭脳明晰だが無愛想な孝介をひたむきに支え、贔屓筋から頼まれた難事件の解決に乗り出す。

へたれ探偵《たんてい》 観察日記《かんさつにっき》

たちあがれ、大仏《だいぶつ》

椙本孝思《すぎもとたかし》

平成29年3月15日　初版発行

発行人――石原正康
編集人――袖山満一子
発行所――株式会社幻冬舎
〒151-0051東京都渋谷区千駄ヶ谷4-9-7
電話　03(5411)6222(営業)
　　　03(5411)6211(編集)
振替00120-8-767643
印刷・製本―中央精版印刷株式会社
装丁者――高橋雅之

検印廃止

幻冬舎文庫

ISBN978-4-344-42581-1　C0193　す-14-2